爱你的时候，我从不羡慕任何人

莫主编 ——— 著

古吴轩出版社
中国·苏州

图书在版编目（CIP）数据

爱你的时候，我从不羡慕任何人 / 莫主编著. — 苏州：古吴轩出版社，2018.11
ISBN 978-7-5546-1254-5

Ⅰ. ①爱… Ⅱ. ①莫… Ⅲ. ①短篇小说—小说集—中国—当代 Ⅳ. ①I247.7

中国版本图书馆CIP数据核字（2018）第250059号

责任编辑： 蒋丽华
见习编辑： 沈师仔
策　　划： 王　猛
封面设计： 阿　鬼

书　　名： **爱你的时候，我从不羡慕任何人**
著　　者： 莫主编
出版发行： 古吴轩出版社
地址：苏州市十梓街458号　　邮编：215006
Http: //www.guwuxuancbs.com　　E-mail：gwxcbs@126.com
电话：0512-65233679　　传真：0512-65220750
出 版 人： 钱经纬
经　　销： 新华书店
印　　刷： 天津翔远印刷有限公司
开　　本： 880×1230　1/32
印　　张： 9.5
版　　次： 2018年11月第1版　第1次印刷
书　　号： ISBN 978-7-5546-1254-5
定　　价： 42.80元

Preface

序言

前几天，我和朋友喝茶聊天，突然聊到我写过的爱情故事，她好奇地问："你写的那些故事都是真的吗？"

我反问："你在那些故事里找到了自己的影子吗？"

朋友笑着摇摇头，又点点头，她说："幸福的人，各有各的幸福；不幸的人，好像也各有各的不幸。"

我又问："那你喜欢看吗？"

朋友换了一套青花瓷茶具，把大红袍倒了，换上铁观音，笑着说："谈不上喜欢，当然也没有讨厌，只是觉得身边好像到处都有那些故事的缩影。"

这些年，我写了很多故事，有暗恋的，有失恋的，有喜剧收尾的，有悲剧收尾的，每个故事的主角不同，每段感情看上去却又那么相似。真心爱过的人，似乎都能从故事里，找到自己的影子，或追忆，或后悔，或不甘，或微笑。

我对朋友说："你信，就是真的，你不信，就是假的。感情的真假，取决于你看它的角度。就像这两种茶，红茶有红茶的奔放，绿茶有绿茶的细腻。在不同的年龄，与不同的人品茶，自然也会有不同的味道。"

多年前在北京大屯路东的某家小酒馆，小韩姐姐说，她觉得和男朋友一定走不到最后。在偌大的北京城，先不说成家立业，他们甚至连个落脚的地方都没有，出行基本靠挤，取暖基本靠抖，他们看不到爱情的奔放绚丽，也看不到未来的阳光明媚。

两年前，小韩姐姐在微信朋友圈分享了一组结婚照，新郎略带沧桑的眼神里，装着满满的爱和希望。

小韩姐姐说："经常吵，经常闹，可是就算生活条件好了不少，心里怀念的还是那段吃泡面都要多加两碗汤的日子。这人呐，在爱情里会变'懒'，懒到不想再找一个人重新开始。和他在一起的时候，虽然会吵吵闹闹，但我从来没考虑过换个人。"

什么是爱情？应该就是公交、地铁再挤，只要身边有你，就不会羡慕旁边有座位的人；应该是海鲜大餐再美味，我最怀念的依然是在你怀里焐着的肉夹馍；应该是别人再优秀，我的心里只容得下你的身影。

人这一辈子，总会遇到一个非他（她）不可的人吧。什么门当户对，什么郎才女貌，认识他（她）之后，以前关于爱情的假设条件，通通都可以不作数。跋山涉水，只要有他（她）

在身边，就不会孤单；一粥一饭，只要有他（她）的陪伴，再苦也是甜。

这本书，我前前后后写了将近五年，每一个故事，都像是一幕电影，几次三番地在我的脑海里重播，就算有些情节会被遗忘，可那些触动和共鸣，早就融化在了我的血液里，构成了对爱情最深刻的理解。

这五年，我从事着编辑职业，一直在情感的殿堂里打转，先后有将近五六千位读者，以讲故事或者文字的方式，向我讲述了他们的情感经历。书里的故事，除了我自己的经历外，绝大多数是让我深受感动后，我转述和改编的真人真事。

他们之中，有高中毕业想去表白的女同学，有不敢向心动的女生表白的大二男同学，有初入职场的办公室情侣……作为“95后”，他们向往浪漫和自由，大胆又热烈地追求自己想要的爱情。

他们之中，有沉浸在旧情里久久不能自拔的失意人，有在恋爱和婚姻的岔路口无法抉择的恐婚者，有觉得自己年轻又似乎不再年轻的恨嫁者……作为“90后”，他们在理想与现实里寻觅，左手渴望着两全其美，右手选择了步步为营。

他们之中，有在爱情的十字路口惊慌失措、彷徨迷惘的迷路人，有把冰可乐换成白开水，承认自己岁数渐长的追梦人……作为“80后”，他们相信世上有真爱，虽然不敢肯定，但也从未羡慕过任何人。

正是这些人，让我明白每个人的经历和感悟并非唯一，明白在爱情的转盘里坚持或者放弃都有意义。

爱情，就是这样，有很多种选择，选择和不同的人相爱，就等于选择了不同的人生。但是，每一段你们为爱情吃过的苦，都见证了你们来时的路。值不值得，别人说了不算，只有你自己说了才算数。

所以，无论在什么年纪，身边又有一个什么样的人，只希望每一个有情人，都能在爱情里，不忘初心、不愧初心，无论结尾是喜是悲，都能微笑地对自己说：“爱你的时候，我从不羡慕任何人！”

莫主编

2018年秋•福州

Contents

目录

喜欢就在一起，别辜负了相遇

你我之间不是谈场恋爱那么简单

有亏欠，我们都别追究好不好

爱你的时候，我从不羡慕任何人

我们终于成了为爱担当的大人

§§§

喜欢就在一起，别辜负了相遇

◎¤¤

那个人，你要马不停蹄地相见

多年以前，你遇见过那么一个人，任凭身边的朋友换了一茬又一茬，任凭常去的咖啡馆旁的老树绿了又黄，你仍旧会怀念她，怀念她春天的微笑、夏天的热情、秋天的忧伤、冬天的温暖，怀念她在你的世界里只停留过一段时间，却从未从你的心里离开。

可能吧，总会有一个人，很长时间都留在你的怀念里。但是，现在你明白了，相见不如怀念原来是假的。对于那个人，你必须马不停蹄地相见。

许冬在微信里写了又删，删了又写，一直纠结到夜里零点，才叹了一口气把手机放下，去客厅的冰箱里拿了一听可乐。那些天，华北冷空气第三次南下，室外的温度已经降到个位数，他还是“咕咚咕咚”喝了几大口。

认识苏萌之前，许冬最爱喝常温的大麦茶和果汁，几乎不喝碳酸饮料。

有一次聚会，许冬照例问服务员有没有现榨果汁，在得到否定的答复后，苏萌抢先做了决定，让服务员来一大瓶可乐，冰的。

那天，他俩刚好在同一家单位共事三个月，他们曾一起学习、一起加班、一起吃饭、一起说前辈和老板的坏话。那天，许冬向公司提出了辞职。

冰可乐，晚上不能喝太多。在喝了将近1升的冰可乐之后，许冬一晚上都难受得翻来覆去。他左脑想着，可乐真的太难喝了；右脑想着，苏萌笑着给他倒可乐的样子真可爱。

毕竟天气寒冷，半瓶可乐过后，许冬的身体不由自主地颤抖起来。他习惯性地伸手，发现玻璃杯里只剩下杯底的一点凉水，又看了一眼热水瓶——好像很久没烧过开水了。

他正要去烧水，手机里突然传来微信的新消息提示音。

许冬赶紧点开手机，发现是苏萌发来的，只有两个字：谢谢。

他这才发现，反复修改了很久，迟疑了很久也没发送的“生日快乐”四个字，还是在最后时刻因为一个小小的手误发送出去了。

很多时候，爱情其实就是在一场误会中生根发芽的。

误以为在人群里，你也一眼就看到了我；误以为我的那个眼神，你早就领会了；误以为几次偶然的遇见，你也认定是缘分；误以为我想你的时候，你也在想我。

许冬稀里糊涂地回了一句："不客气。"

"你怎么也这么晚还没睡啊？"

"还好。"

"熬夜对身体不好，早点休息吧！"

"嗯，晚安！"

在发出"晚安"的结束语之后，许冬突然觉得有些后悔，明明一直在等她的信息，明明有很多的话想要跟她说，干吗要说"晚安"啊？是不是傻？

不是应该跟她聊一聊"生日过得开心吗""这段时间还好吗"之类的话题吗？可是，信息早就过了撤回的时间！

如果是以前，许冬可能会说："哈哈，发错了！"

然后，苏萌就会像个多疑的侦探，一个劲儿地追问："发给谁的？老实交待，是不是对门的小姑娘？你到底背着我干了什么坏事？"

虽然彼此都心知肚明，说"晚安"的原因其实就是很困，想睡觉了，但是他说完"晚安"后，又突然失眠了。

爱情是不是都这样，爱着的时候，你会有一百个话题，找一千个借口，用一万种方式聊下去。

许冬和苏萌相距并不远，坐地铁只要换2趟，坐公交车只有6站。

可是，分手后的人，就算只隔着9千米，也能365天不见。

半夜醒来的时候，许冬突然想到，他已经一年没和苏萌见过面了。

他翻开手机相册，没找到任何有关两个人的回忆。他想了一会儿才想起来，当初分手的时候，两个人在咖啡馆坐了一下午，你一张我一张，把各自手机里有关彼此的照片都删除了。

“把照片都删了吧，以后我们还是好朋友。”

“对呀，万一哪天你的新女朋友看到了，那多不好啊！”

“也是，你的新男朋友看到了也不好！”

分手的时候，双方总想着要争回一口气。明明不想把对方的照片删除，却还要怪对方那么婆婆妈妈。明明不希望对方爱上别人，却不自觉地劝对方不要再找自己这样的人。

两个人，要攒够多少幸运，才能相识、相知、相爱？两个人，又要攒够多少失望，才会伤心、绝望，选择离开？

现在想起来，许冬依然不清楚当初是因为什么提的分手，又是因为什么没有挽留。没有移情别恋，也没有吵闹争执，似乎只是因为聊着聊着，就觉得自己配不上对方，就觉得“如果真正爱一个人，就一定不能耽误了对方”，看似善良，实则草率、残忍地选择了分手。

苏萌辞职去寻找诗和远方的那天晚上，约许冬吃饭。

许冬其实很想去的，可是转念一想：既然分手了，就不要再见面了吧？

于是，他谎称自己刚好在外地出差，说改天一定请她吃饭。

这个世界上，有一个词叫“改天”，永远都不会有的那一天。

辞职后，苏萌换了一份工作，给杂志社拍各种照片，她的微信朋友圈里分享着全国各地的美景和造型高雅的艺术品……

很早以前，她就跟许冬说过她的梦想，她要吃遍世界各地的美食，赏遍世界各地的美景。那时候，许冬的梦想是出版一本故事集，是希望自己笔下的故事，能变成影像在荧幕上播出。

年轻时的梦想总是那么生动，又那么不堪一击。

许冬的故事集里，至今也没有几篇故事，而苏萌却在微信朋友圈里分享着她梦寐以求的生活。

好几次，许冬在苏萌的微信朋友圈里敲下了一大段的话，斟酌良久，最后却没有勇气点击“发送”，只敢点个赞。许冬觉得，他的点赞一定会被淹没的，毕竟现在的苏萌，应该过得很好，身边也一定有着一群志同道合的人，包括爱人。

“女生可以矫情，可对于男生来说，既然已经决定，就得咬着牙坚持到底。”许冬是这么定义自己的，既然他们不在一起了，自己就不能再去打扰她。

有时候，许冬也会站在阳台上，痴痴地幻想着：她会不会偶尔也想我呢？

希望，是自己抛出来的。绝望，也是自己下结论的。

“她现在过得这么幸福，应该早就忘记我了吧！”许冬这么对自己说。

早上7点，许冬被闹钟吵醒，正想起床洗漱，发现竟然是周末。他习惯性地打开微信，最后一条消息是苏萌发的“谢谢”。

“反正都误打误撞地联系了，那就再说个早安吧！”许冬对自己说。

“早安！”

“今天周末，你也这么早起床啊！”

“是啊，一直都这么早起的！”

“以前周末，你可都是睡懒觉的。”

“大好周末，睡多了有点浪费，得用来做点有意义的事情。”

“比如呢？”

“想你。”许冬一发出去就后悔了，他想说的明明是“瞎闹”。

可是，既然已经发出去了，又何必撤回呢？他觉得自己很聪明，如果她不高兴了，就说发错了，本来想说“瞎闹”的。

苏萌只是回了一句："哈哈哈……"

许冬又问："哈哈，你这么早起，准备去哪里玩？"

"本来约了朋友去看电影的，临时被放鸽子了！"

这个场景，似乎曾经出现过，许冬突然想起那一年，也是苏萌被朋友放鸽子，他才有机会跟苏萌一起去看电影、聊电影，才发现两个人在工作之余，还有很多共同语言。

"那我有机会去吗？"

"你不问几点的场，看什么电影吗？"

"这都不重要！"

"小心被我卖了哦！"

许冬没再输入文字，而是回了一个微笑的表情。之后，他快速起床、洗漱，给皮鞋上了三次油，电影是10点场的，他8点就出门了。

在电影院售票大厅等待的时间里，许冬想了无数个开场白，比如"好久不见""你好像瘦了很多""你怎么这么凄凉，会被放鸽子"……直到透过玻璃窗，看到熟悉又陌生的苏萌时，许冬脑海中才不断地重复着一句话："有的人只适合怀念，有的人要马不停蹄地相见。"

苏萌取完票，才走到许冬面前，把票递给许冬。

许冬伸手接过票，微笑着说："你好，我叫许冬，初次见面，请多请教。"

苏萌愣了几秒钟，笑着说："你好，我叫苏萌，很高兴认识你。"

许冬的眼角不经意地瞥见电影的场次和座位号，是他最不喜欢看的恐怖片，9排15座，订票时间是早上7点31分，在苏萌说完"小心被我卖了哦"后的3分钟。

很多时候，年轻的我们，总是害怕会太突兀，害怕会太矫情，所以彼此都僵持着，谁也不肯先开口。

可感情却是这样的：越没有逻辑，往往爱得越深；越不讲道理，往往越分不开。

许冬突然有一种回到过去的感觉，他这种特别的打招呼方式，如果用在别人身上，肯定会让别人觉得莫名其妙，然后疑惑地问他："你早上出门是忘记吃药了吧？"

可苏萌不是别人。两个人在坐公交、地铁，甚至景区门前排队时，经常不打招呼地问对方："你好，你长得很像我的男/女朋友，方便加个微信吗？"

爱人之间，似乎总会有一些在外人看来无聊至极，在自己看来却温馨无限的小动作。

两个多小时的电影演的是什么，许冬一点都不记得，他的脑海里，一直重复着一句话：过了一年了，没想到她还没有忘记我。他总忍不住想看苏萌，不敢明目张胆地看，而是偷偷地斜着眼看。

苏萌的表情很奇怪，全程都微笑着，和电影的恐怖氛围一点都不搭。

电影散场后，苏萌去了一趟洗手间，许冬在电影院出口等她。过了将近10分钟，许冬收到苏萌的信息，内容是：我想吃泡椒牛蛙，你还欠我一顿饭，就不改天了！

前天晚上吃火锅，许冬不小心被烫到了，大概是有些上火了，牙龈有点胀疼。可听到苏萌说要吃泡椒牛蛙，他惊奇地发现牙龈一点也不疼了。

取号、排队、落座，苏萌全程都在玩手机。服务员报完点的菜后，笑着说："二位要喝点什么吗？啤酒，还是饮料？"

许冬本想说："来瓶可乐吧，冰的。"

可话还没说出口，苏萌抢先对服务员说："来瓶大麦茶吧，加冰！"

"你以前不是喜欢喝可乐吗？"

苏萌笑着说："我原来还不想理你呢，这不也约你吃饭了。"

泡椒牛蛙里的萝卜条还是很辣，加冰的大麦茶有点甜，看着坐在对面的苏萌，许冬觉得自己好像昨天刚跟她牵过手。

也不知道是哪里来的勇气，在喝完赠送的甜汤后，许冬微笑着问："苏萌，我可不可以重新追你？"

苏萌把手机放下，看了许冬十几秒，点头笑着说：“许冬，我能不能现在就答应你！”

如果你爱一个人，千万不要找借口说太远，更不要害怕被拒绝。有的人适合怀念，而有的人，如果你不曾放下，如果你还想拥有，就要不顾一切地表白，更要马不停蹄地去见。

爱情，需要的就是多一点点勇气。你不站在她面前，不说出那句久违的问候，不表达那场练习已久的告白，她又怎么会告诉你，其实她也等你很久了，所以等不及你的重新追求，就要跟你在一起。

单是遇见你，就再好不过了

你有没有这样爱过：

提早半小时出门，在100米的路程里，来回走了十几遍，甚至能清楚地知道从起点到她出现的路口有179步，就只是为了第一时间出现在她的眼前，笑着说“好巧啊”。

偷偷地打听她所有的爱好，每次聊天的过程中，她的每一个话题你都感兴趣，都能说出若干想法，然后你在她惊讶的表情中诉说了相见恨晚的美丽谎言。

有一种爱情叫“如果余生是你，晚一点也没有关系”。

还有一种爱情叫“单是遇见你，就再好不过了”。

刚进公司实习的前三天，晓悦每天都会在电梯里遇见一个穿着蓝色T恤的男生。

每一次，晓悦踩着细高跟刚进写字梯，在电梯门快要关上的时候，都能听到那个男生远远地冲她喊："跑几步啊，快进来！"

男生身上有一股淡淡的"大地"香水味，他总是微笑着，替晓悦拦着电梯门。

每一次，晓悦都微喘着说："谢谢！"

男生总是淡淡地说"不客气"。

人们常说，如果一次是碰巧，两次应该就算是缘分，那三次呢?

同一个场景在同一个时间重复出现三次后，下班回家躺在懒人沙发上的晓悦暗暗地给自己承诺：明天一定要早起，一定要优雅地比男生先进电梯，一定要很淡定地问他的名字，如果能要到他的联系方式就更好了。

很多时候，幸福之所以会悄悄消失，是因为你没有去努力争取。但是更多的时候，幸福之所以没有消息，是因为它本来就只属于你。

第四天，晓悦提早10分钟出门，但是公交车晚到了15分钟。

第四次，晓悦狂奔着赶电梯。第四次，男生在电梯里优雅地等她。

电梯每停一次，晓悦的心跳就加快一次。她的左手握着手机，鼓励自己一定要问他的号码，向他表示感谢。她的右手摸着包包，觉得自己要矜持，万一人家只是出于礼貌。

3楼……5楼……9楼……12楼……

晓悦深吸一口气，侧着脑袋微微抬头，却正对上了他侧着脑袋微微低头。

她无论如何也想不到，自己为什么会突然把手机解锁，二话不说就递给了男生。

男生笑着拿出自己的手机，解锁，点开微信二维码，用晓悦的手机扫了扫，再把手机还给晓悦。

男生的微信名字很奇怪，叫小猢狸。

晓悦的公司在18楼，男生的公司在26楼。直到男生要下电梯的时候，晓悦才发现自己坐过楼层了。

那天，晓悦第一次迟到，却开心了一上午。

那天上午的工作任务很多，晓悦用她最快的速度完成，中间去了6次茶水区，上了3次卫生间，偷偷看了男生最近半年的微信朋友圈。

临近中午下班的时候，小猢狸突然发来微信：“你平时午饭是叫外卖，还是去楼下吃？”

晓悦吓了一大跳，看了一眼外卖小哥刚刚给她送来的酸菜鱼套餐，说：“一般都是去楼下吃。”

过了几分钟，小猢狸又发来一条信息：“你公司是在18楼吧，我在18楼的电梯口，中午方便一起吃饭吗？”

晓悦想都没想，马上就说：“好啊！”

得知晓悦刚来这里上班没多久，从上电梯开始，一直到写字楼门口，小猢狸给她介绍了这附近有什么好吃的，他常去吃的是哪几家。

最后，他们选择了去吃韩式拌饭。

拌饭酱、黄瓜丝、豆芽、7分熟的鸡蛋、韩式泡菜，混合着砂锅的热气，十分诱人。晓悦学着小猢狸的动作，假装自己也很熟练，也经常吃。

晓悦其实不太能吃辣，但可能是因为这顿饭特别好吃，她竟然心满意足地吃得干干净净。

晓悦问他：“你为什么叫小猢狸呢？是因为很狡猾吗？”

小猢狸没有正面回答，而是反问晓悦：“那你为什么叫小月亮呢？是因为总阴晴不定吗？”

从来没有人这么问过晓悦，小猢狸的问题真是难倒了她，本来她的网名是叫“小月月”的，因为总有人问她为什么叫“小朋”，甚至干脆叫她“小朋友”，她一气之下，才改名叫“小月亮”的。毕竟月亮上面，还住着天使呢。

见晓悦没有回答，小猢狸笑着说：“哈哈，叫小猢狸，是觉得狐狸可爱，其实我本名叫胡立，所以就把‘狐’字改成了‘猢’字。”

她说：“其实我原本是叫‘小月月’的，后来总有人叫我‘小朋友’，我就改了。其实，我跟你一样，我本名叫‘晓悦’，春眠不觉晓的‘晓’，悦来客栈的‘悦’。”

胡立乐呵呵地点着头，问道：“你也喜欢看金庸的小说？”

晓悦摇摇头，疑惑地看着他。

胡立笑着解释道：“悦来客栈是金庸武侠小说里的四大客栈之一，另外三个分别是龙门客栈、如归客栈、高升客栈。”

晓悦摇摇头：“那改成大悦城的悦吧！”

胡立说：“哈哈，大悦城，看来你喜欢逛街，改天约你一起逛街啊！”

晓悦没点头也没有摇头，只是乐呵呵地笑着。

那顿拌饭花了26块钱，买单的时候，胡立抢着要请客，晓悦拧不过他。回到公司后，她给胡立发了一个26块钱的红包。

晓悦的午餐，通常都是叫外卖，因为有抵用券，一般只要花15块钱。这次午饭超了快一倍的价格，对她来说有点贵，可她一点也不觉得心疼。

总会有一些感情，在你不知不觉的想象中萌芽，在你不咸不淡的巧合里升华。

接下来的一个月，晓悦的运气出奇地好，她每次早出门15分钟，一到公交站点，公交就来了，以至于接下来的一个月，再也没有胡立替她挡电梯门，而她哪怕慢慢地挪进写字楼，挪进电梯，也没再遇见过胡立。

值得庆幸的是，就算早上见不着，每到中午11点，胡立都会主动问晓悦“中午一起吃饭吗”“吃过桥米线、韩式拌饭、川味小炒、东北菜馆、猫不闻饺子、沙县小吃……怎么样”。

晓悦是一个选择困难症患者，每当这个时候，就要胡立给她发食谱照片，看到哪个喜欢，就选哪个。有时候，晓悦实在不知道选什么，就在心里默认一个数字，按图片完整接收的顺序，数到哪个，就选哪个。

对于晓悦的选择，胡立从来没有异议，哪怕偶尔发表意见说：“我中午想吃面了，怎么样？”在被晓悦无情地否定后，他也微笑同意。

在共进午餐的一个月的时间里，晓悦了解了有关胡立的很多事：他的童年，他的家庭，他的大学，他曾经的爱情和他的梦想。他老家在小乡村，所以他选择了大城市，想改变命运；他曾经的爱情坎坷不平，所以他不愿轻言幸福；他的梦想很壮丽，所以他每天都斗志昂扬。

而晓悦呢？她从小衣食无忧，父母恩爱有加，大学的时候只顾着看偶像剧了。如果暗恋不算的话，那她就从没谈过恋爱；

如果说有什么梦想的话，那就是她希望遇见一个深爱她的男生。

胡立常常笑着对晓悦感慨："真羡慕你这样衣食无忧的生活，忠于自己内心的秩序和想法，并且有维护它的能力。"

晓悦也常常会斜仰着头对胡立感慨："其实我更羡慕你这样有理想的生活，有勇气去追求自己的梦想，活出真正的自我。"

很多时候，爱情都是这样吧，我羡慕你过得阳光，你也羡慕我过得灿烂。怀着对彼此最初的模样的憧憬，无限地幻想，无限地想要靠近，却又谁也不敢去刺探，怕结局不如预想。

两个月后，实习期满，晓悦要回学校处理毕业的事。离开的那天晚上，她收拾好东西，跑到26楼走廊尽头的落地窗前，看着外面错落而明亮的灯光，突然想：胡立会不会也在某个加班的夜晚，在同一块落地窗前看着窗外同样的风景想自己呢？

晓悦自嘲似的笑着对自己说："应该不会吧！什么都没有发生不是？那么，就再见了！"

那天晚上，晓悦失眠了，她翻着与胡立的聊天记录，在对话框里输了又删一段又一段的不知如何措辞的话："我实习期结束了！""哈哈，我实习期结束了！""唉，我实习期结束了，怎么办？""我实习期结束了，哈哈，没人陪你吃中餐了，怎么办？"

胡立破天荒地在半夜1点突然发来一句："晚安！"

晓悦想了很久，不知道该怎么回，就干脆不回了。

感情，不就是这样吗？你不说爱，我不说爱，那就当什么也没有发生过。虽然大家有些遗憾，但至少不会尴尬。

第二天上午，晓悦在学校大教室听着班主任讲解论文答辩和毕业信息采集的注意事项。突然，她手机里收到胡立发来的照片，照片里是她常去的学校南门的观音湖。

胡立随后发了个笑脸说：“中午不能陪你吃饭了，今天休假，突然心血来潮，跑到你的母校参观了，风景不错哦！”

晓悦给他回了一个定位，又加了一个坏笑的表情。

胡立笑着说：“不会吧！那中午又要一起吃饭了。”

晓悦想也没想，笑着说：“对啊！”

在校门口学生街，晓悦带着胡立去她刚来大学时最喜欢去吃的鱼汤馆。

吃着拌面就着红鲢鱼汤，晓悦不知道怎么开场。

还是胡立在叫老板加点陈醋之后，她才笑着说：“我喝鱼汤，总喜欢加陈醋。”

晓悦喝着鱼汤，眼泪突然就掉下来了。

她觉得有点难过，因为鱼汤加了一大勺醋，酸到了鼻子，酸到了眼睛。她觉得有点难过，因为她正准备放弃的时候，他又突然出现。

胡立又笑着说：“鱼汤这么好喝吗？喝得这么感动。”

晓悦抽泣了两声，像擦汗似的擦掉眼泪，白了胡立一眼：“我实习期结束了，以后都不去公司了。”

胡立笑着点点头：“我知道啊，所以我来学校陪你吃饭。”

晓悦快速地检索了一遍，她可从来没有跟他说过自己要走的事情啊。

她疑惑地问他：“你怎么知道的？”

胡立说：“我就是知道了。不过我也有点难过，不是难过你走，而是你走了也不告诉我。”

晓悦苦笑着说：“我就是怕自己难过才不敢告诉你的，小女生的这点心思嘛，我能这么幸运地认识你，就足够了！”

胡立笑着说：“哪里足够了，我觉得还不够啊！”

不到3秒钟，晓悦轻轻地捏着眉心，捏出了笑容：“不够又有什么用，你还能老牛吃嫩草不成？”

胡立愣了一下，傻傻地点点头，笑着说：“能啊！那你敢让我吃吗？”

“敢啊！有什么不敢的！”这一次，晓悦很肯定地回答。

在这个世界上，总会有那么一个人，他用了十倍甚至百倍的时间去解读你每条不足140字的微博，更用着数不清的夜晚，一遍又一遍地翻阅你的微信朋友圈。

因为太过美好，因为害怕失去，所以，哪怕心里早就承认了，却仍旧愿意相信“单是遇见你，就再好不过了”。

可是，明明还有那么多的美食需要与你一起分享，还有那么多美丽的风景需要和你一同欣赏，还有那么长的路需要和你一同走过，单单只是遇见你，真的远远不够。

更何况，你以为的刚好遇见，其实是他恰到好处的提前出场；你以为的聊不完的话题，其实是他备足了功课的细心演讲；你以为的每一次恰逢其时的惊喜，其实是他昼夜排练的直播现场……他花了这么多的心思，去靠近你，去爱你，又怎么会让故事停留在“遇见”的“谎言”里?

爱，是彼此做得最正确的决定。如果可以，就一直爱下去。如果不行，就让彼此在每次幸福的“遇见”里心动，直到恢复爱的名义。

我很喜欢你，不问归期，不远万里

有一种爱情，注定不会像其他情侣一样，在公交车上并肩而坐，在图书馆里眉目传情，在人行道上十指相扣，在电影院里悄声私语，在川流不息的人群里一眼认出对方，在月光笼罩的小区门口依依不舍。

但它可以令人从一个杯子的图案里看出微笑，在一双手套的花纹里感到温暖，在五音不全的歌声里听到爱意，在无数个不经意的瞬间心跳加速。

爱情的世界里，幸福的事情并不只有牵手、拥抱，还有哪怕远隔千里，也能穿越千里冰封，哪怕岁月流逝，也能经受岁月洗礼，哪怕考验重重，也能不离不弃。

不知道你有没有喜欢过一个人，不问归期，不远万里！

大一那年的国庆假期，东寒顶着被军训晒得黝黑的皮肤，坐了10个小时的火车硬座来看小慕。在出站口，小慕望眼欲穿地找了东寒很久，直到他很兴奋地站在她的面前，笑着说：“嗨，美女你好。”

小慕瞥了他一眼，有些被吓到，问：“你谁啊！”

他把帽子摘下，把墨镜摘下，对小慕眨巴着眼睛装可爱。

小慕扑哧一声就笑了出来：“才一个多月没见，你到底是经历了什么？”

“这不，美颜相机还是很能骗人的，我都说过了，见面了你一定会后悔的！”

“也还好，没后悔！”

爱人之间，保持一定的距离，总能让爱情更加美好。

小慕和东寒是在高中毕业后互相表白的。俩人原本想考取同一所学校，去同一坐城市，但事与愿违，东寒第一志愿未能达标，只能接受第二志愿，去了另一座城市。

学生时代的爱情，没有掺杂太多的杂质，喜欢就是单纯的喜欢，幻想未来也单纯是因为爱情。

在学生街，小慕挽着东寒的手，开心地跟过往的同学们打招呼，并骄傲地介绍说：“这是我男朋友，特地从外地来看我的！”

在看到同学们羡慕的眼神后，小慕更骄傲了，觉得自己走路都要飘起来了。

国庆7天假，小慕却觉得很短。她带着东寒去了开学这一个多月她在电话里说过的每一个地方。他们去了城东的山，去了城西的湖，去坐了她睡过站的公交车，去了她曾流连忘返的花海。她再带着他去闹市吃一份麻辣鸡块，吃一顿鸳鸯火锅，去肯德基买两个甜筒，去公园门口吃两串棉花糖。

分别的时候，他们明明提前一小时就到了车站，在进站口，东寒愣是在火车抵达前5分钟，才无奈地检票。

站在东寒身后，小慕第一次痛恨离别这种感觉。她一直以为，自己能面带微笑地送他离开，却没想到，东寒过安检后，回过头朝她比了一个打电话的手势，她瞬间就泪崩了。

隔着安检栅栏，小慕第一次体会到了那种心碎的感觉，那种话说不出来，气喘不上来，告诉自己一定要微笑，眼泪却不争气地流出来的感觉。

小慕在微信里说："我不想你走！"

东寒过了几分钟才回复："这么想我啊，那我下车哈！"

小慕突然就想到了他真的下车的场景，他一路狂奔。这场景又瞬间像慢镜头回放一样。"他跑起步来的慢动作，真的超级搞笑。"想着想着，小慕就这样被自己的想象给逗乐了，笑着回复道："哈哈哈，算了算了！"

东寒发了一张火车驶出车站时透过玻璃拍的照片："我会想你的，我会一直陪在你身边的。"

小慕坐在回学校的公交车上，看着窗外的风景，有那么一瞬突然觉得，过去的几天好不现实，就像是看电影一样。她笑着回复道："陪个鬼啊，你又不是鬼，怎么可能一直都在？"

异地恋的日子，无非就是这样：

"我起床了，你起床了吗？快起来啦，懒猪！"

"下课了，我去吃饭了，你吃了吗？吃的什么？你太瘦了，要多吃点！"

"在干吗，我好无聊啊，要不你唱首歌给我听吧！算了，你唱歌那么难听，我还是自己去找找有什么好玩的吧！"

"睡了吗？我好困啊，这是我们的第176次晚安。晚安！"

小慕总是在看到别的男生为女朋友占座的时候，突然就觉得好羡慕。如果东寒也在，那他就会帮我去图书馆占座，就会帮我把水壶加满热水，就会帮我去食堂打饭。

小慕总是幻想很多种场景：下课的时候，东寒会骑着一辆自行车在教室楼下等她；下雨的时候，东寒会打着雨伞来接她，俩人一边骂天气喜怒无常，一边把裤腿高高卷起，像顽皮的孩子一样，故意重重地踩在积着少量雨水的低洼处，溅出幸福的水花。

可事实是，东寒问她“感冒有没有好点，要多喝点开水”时，她只能托着沉重的脑袋，强装清醒地去倒开水，去医院拿药。生病真的很难受，可东寒只能在电话那头安慰，不能来照顾她。

东寒问她：“我这里下雨了，你那里下雨了吗？”在得知她在的城市也下雨时，东寒只能无奈地说：“带伞了吗？找同学一起回宿舍吧！不然，就等等，说不定雨很快就停了。”

老天总是喜欢这样捉弄人。明明很相爱的两个人，偏偏不能在同一片屋檐下。

有时候，小慕甚至会羡慕那些为了一点小事就吵闹的情侣，至少他们吵过、哭过、闹过之后，还有一个肩膀可以依靠，还有一个胸膛可以拥抱。而她却只能在电话里，倾诉难过和不舍，表达伤心和不平，看不到眼神，感受不到心跳。连那一句安慰的“抱抱”，她也感觉不到温度。

大三那年的夏天，东寒参加了某个夏令营，没有回老家。

也就是在那个夏天，小慕和东寒第一次闹分手。

在夏令营中，小慕看到东寒和一个女生的关系很亲密。小慕追问之后，东寒不仅没有消除小慕的猜测，反倒为那个女生说话，说小慕想太多了，说他和那个女生只是普通的朋友，说那个女生那么优秀，怎么会看上他。

小慕只听到了“优秀”这个形容词，在她看来，东寒的世界里除了她，其他女生都不能优秀，至少他不能觉得她们优秀。“优秀”这个形容词，在东寒出口的那一刹那，就意味着已经事先比较过了。

可是，他是她的男朋友，除非他不爱她了，除非他爱上了别人，否则他怎么能拿她跟别的女生比较呢？

小慕觉得东寒已经移情别恋了，对她只是还念着一点旧情。

她不想让东寒为难，她觉得爱一个人，就要给他自由，祝他幸福。在哭了一整夜后，第二天一大早，小慕给东寒发了一条信息：“亲爱的，我还是很喜欢你的，但是，祝你幸福。”

几分钟后，东寒就回了一个电话：“你不在，我怎么幸福？少废话了，赶紧起床敷好面膜，我已经在回家的车上了，一会儿请美美地来接我。”

小慕一瞬间就傻了，她完全想不明白，事情到底是出现转机了，还是已经结束了。直到东寒在电话那头问：“愣什么呢，听到没有？”

小慕这才乐呵呵地点着头，又突然想到东寒哪里能看到她的动作，赶紧说：“好好好，你几点到？我骑我的小毛驴去接你。”

当天晚上，小慕躺在公园草地上看星星，把东寒的大腿当枕头，笑着说："喂，你干吗今天突然跑回来？"

"给你一个惊喜啊！"

"可你不是参加夏令营，一直要到开学吗？"

"为了给你一个惊喜啊。"

"你说你这样放弃大好机会，回来跟我虚度光阴，真的好吗？"

"光阴里有你，虚度就虚度吧！"东寒笑起来的样子很温柔，小慕恨不得就这样躺着躺着，一辈子就过去了。

当和表姐说起这件事情的时候，表姐笑着说："小慕，真羡慕你们这个年纪，没有生活的烦恼，没有经济的压力，喜欢就能大胆地说出来，想念了就马上收拾行囊去相见。等过几年，你们就会明白了，爱情没有那么单纯，生活没有那么简单。"

当小慕把这些话复述给东寒时，他笑着说："你姐说得也没错，只是现在明明可以很幸福，为什么要为了明天的不开心烦恼呢？小慕，你要相信，我们肯定是最幸福的一对情侣。"

听着远在他乡的相爱了三年的男生这么说，小慕突然觉得表姐这个人真讨厌——她肯定是见不得别人幸福。她哪能因为自己的感情出了问题，就怀疑别人的幸福呢？她当初跟我炫耀男朋友多帅气、多厉害的时候，怎么不想想？

小慕觉得自己肯定不会像表姐那样，对爱情的渴望超过了自己的付出，对幸福的渴望超过了自己的能力。在小慕的爱情故事里，她只希望能每天醒来的第一刻看到东寒，哪怕下错公交、上错地铁，在十字街头前迷了路，在人潮人海中失了魂，背后或者前方也永远会有一个声音为她指引着方向。

大四的时候，小慕决定考研，东寒决定先实习。

小慕计划考到东寒所在的城市，但最后因为机会合适，选择了保送本校的研究生。已经在实习的东寒，一毕业就放弃了留在实习公司工作，到了小慕的城市。

“为了我离开一座熟悉的城市，来一座陌生的城市打拼，真的值得吗？”小慕问。

“哪有那么多值不值得，我想到的，只有要不要。”东寒半躺在沙发上，微笑地看着小慕，“如果你不要我来，那我就不会来，既然你要，别说陌生城市，就算让我从头开始，我也愿意。”

“亲爱的，生活不是我们想象中那么简单，爱情也不是我们想象中那么美丽，你真的相信我读研毕业后就会嫁给你，真的相信这样从零开始值得吗？”小慕问。

“嫁不嫁，是你的事，我只管爱你。值不值得，我不懂，至少我不后悔。”东寒的眼神非常坚定，他更像是憋着一口气，在等着小慕嫁给他，在等着时间告诉他这一切都值得，“小慕，我很喜欢你，不问归期，不远万里。”

小慕把头埋在他的胸口，紧紧地抱着他，就像抱住了幸福的未来，抱住了永远的爱恋。

如果你没有经历过异地恋，你永远都不会明白，千里之外的电话那头，是洋溢着幸福的笑容的人在跟你聊天。也不会懂，明明毫无内容的对话，为什么两个人能聊到天亮。更不会懂，幸福地说“亲亲”“抱抱”的时候，就真的能感受到心跳和温暖。

幸福的爱情，需要一定的距离，因为距离能产生美。可如果距离的半径太长，长到风轻轻一吹，就会摇摇晃晃，你怎么办？如果距离的时间太久，久到时钟加速转动，也转不出个所以然，你又该怎么办？

每个人，都有选择爱情的权利。每一段不被看好的爱情，也都藏着鲜为人知的美丽。有的人，就算站在你的面前，你也感受不到他的心在哪里；而有的人，哪怕相隔千万里，心却始终连在了一起。

愿每一对伴侣，都能怀着对美好爱情的向往，能努力地让每段爱情都开出美丽的花朵，即便隔着千山万水，历经沧海桑田，也能庄重地告诉自己：我很喜欢你，不问归期，不远万里。

我是不是你爱情故事里的一个错别字

向北，昨天我回了一趟母校，沿着被拆毁的围墙走了很久，直到月亮躲在树影后，直到宿舍区里传来阵阵新生思念爸妈的哭泣声，直到我泣不成声。

向北，明天我就结婚了。他对我很好，对我的家人也很好。我们在城西买了一套房子，虽然不如你曾许诺给我的那么大、那么美，但它很真实。

向北，我们爱了那么久，最终成了离得那么远的陌生人。我想，不是我不努力，也不是你不争气，只是我们遇见得太早，早到我们无知、惶恐、憧憬，却唯独没有力量。

向北，我好想你！

向北，我和他认识99天了，在我27岁的时候，家人说："挺合适的，差不多就结婚吧！"

我没有反驳，点头应允。

如果所有的坚持，都寻不到任何可以慰藉的音讯，我又怎么说服自己继续等你？

他不抽烟，不喝酒，跟曾经的你一样深爱着我。

向北，恋爱的第100天，我和他要结婚了。

我常常在想，是不是每个人心里都住着一个人，你赶不走又忘不掉。他就在那里，不争不吵，不喜不忧，像一个幽灵一样，嘲笑你所有的高傲，安抚你所有的不堪。

太早的相爱，并不一定会结出美丽的果实，多半注定会枯萎。

徘徊过太多街头，寻觅过太多路线，挑选过太多花束，流下过太多眼泪，住过太多旅馆……多到在你离开后，我沉默得有点窒息。

大学入学时，你说会带我吃遍学生街，你做到了。

军训结束后，你说带我去看一场最美丽的烟火，你做到了。

寒假时，你说带我来一场说走就走的旅行，你做到了。

你说过很多，陪我熬夜、偷摘杧果，陪我逛街、K歌、看电影，陪我宿醉、旅行、数星星……你都做到了。

你还说，戴上这枚戒指，只要我不摘下，你就会守候我一辈子。我做到了。

向北把戒指套在我手上的时候，我的眼泪止不住地流。

向北说："许你一个眼神，许我一辈子照顾你。"

我说："我能不戴手上吗？"

向北有些忧伤，有些疑惑："为什么？"

我说："我怕戴手上久了，没有别的男生追求我，你就没有危机感，不会一直这么爱我了。"

向北笑着想从我手上退下戒指，我瞪了他一眼："你想干吗？"

向北说："摘下戒指，就当我还在追你。"

我不屑地说："算了，饶了你了，答案已经很明显了，不追也罢。请我吃顿大餐，当是补偿吧！"

在我和向北一起生活的那段时光，他特别喜欢在清晨左手托腮盯着我，直到我睡醒后看到他既像关爱又像嘲笑的眼神。我问向北："你是想把我吃掉吗？"

向北说："不是，我是在想，我怎么会喜欢上你这么丑的女生呀！"

我马上嗔怒："麻烦你重说一遍！"

向北说：“哎呀，这么漂亮的小冷同学，怎么会喜欢上这么丑的向北同学呢？”

我笑着说：“哈哈，年轻不懂事，瞎了眼呀！”

向北唱歌很难听，这是我在第一次邀请他参加我的宿舍活动后得出的结论。他把我唱哭了，我是笑哭的。事后，他很无奈地说：“小冷同学，这次你算是丢人丢到家了吧？”

我原以为向北只是介意他跟我的舍友还不熟，原来，他介意是因为那些歌曲跟他不熟。

我乐呵呵地摇着头：“放心，丢不了我的脸，我舍友顶多说‘你男朋友唱歌真难听呀’，刚好跟我形成鲜明的对比，哈哈！”

除了唱歌难听之外，向北酒量很差，缺少运动细胞，连写的字都神鬼难辨。

我问向北：“你到底有什么优点值得我喜欢？”

向北沉默了，他也不知道自己有什么优点。

后来，我才知道，哪怕向北一无是处，但他至少有一个优点，我怎么也比不上他：再苦，再累，再委屈，他也能笑得出来。

向北的爱，从他第一次去我家开始，我终于能摸得着了。

向北的爱，从他第一次去我家以后，我似乎抓不住了。

老妈说："丫头，你现在才大三，就这么着急嫁人吗？"

我笑着说："哪里呀，这不是先带回家给您老验收一下吗？您看，女儿的眼光不错吧？"

老妈说："马马虎虎。"

那一年，向北大学毕业，在广告公司找了一份文职工作，月薪三千五。

为了离我近一点，他在学校附近租了一套房子，每天换乘一趟公交，用一个半小时去单位。

向北说："小冷同学，我毕业了，以后就由我来养你。"

我兴奋地说："亲爱的向北同学，快恭喜我终于可以成为你的蛀虫了。"

向北笑着说："蛀虫？好恶心呀！快恭喜我终于有资格成为你的取款机了。"

我原以为，分开我们的是余额不足，万万没想到却是卡片失磁。

向北渐渐地变得不爱笑了，酒量奇差的他，却常常借酒浇愁。

我问向北："你若不勇敢，谁替我坚强。"

向北说："小冷，不是我不勇敢，而是现实太过于荒唐。我怕我们想得太好，能力却太小。”

我说：“再过半年，我就毕业了，到时候我们一起努力。”

向北不再说话，也不敢看我，似乎有什么秘密瞒着我。

有一天，向北说，晚上他所在的公司要举办年终聚会，会晚一点回家。

夜里0点，向北还没有回家，我给他打了很多次电话，他一次也不接。

凌晨1点，向北回短信说，他刚刚在KTV里睡着了，一会儿就回家。

凌晨2点，向北还没有回家，我给他打电话。铃音响了5声，那头传来：“你的电话，接一下吧。”是一个陌生女人的声音。

天亮后，向北回到家，他说昨晚喝醉了，什么事都记不清了。

我含着眼泪问他：“你和那个女人发生什么没有？”

向北说：“我真的喝醉了，什么事都记不清了。”

我说：“向北，我们分手吧！”

向北苦笑了一下，没说话。

提出分手后我哭了三天，边哭边咳，咳到吐血。

我住院了，所有亲朋好友都来看望我。唯独向北没有，他甚至没有发一条短信，打一个电话。

出院后，我回老家静养了将近一个月，向北还是没有发来任何消息。

想象，是一种神秘而可怕的力量。我想，向北应该是和那个女人过上了幸福的生活吧。

我可以容忍向北的所有缺点，但无论如何也容不下他怀里有别的女人。虽然我没有证据，但我认为，他就是移情别恋了。

是我太过于执拗，还是向北从未把我当成他的女人?

我们曾分分合合、吵吵闹闹过无数次，而这一次，他再无消息。

后来的几年，我听到越来越多的朋友说她谈过几个男人，也听到越来越多的人说他谈过几个女人。我想，也许向北酒醉后的那件事，并没有我想象中那么复杂。

然而，年轻的我们，眼里容不下一粒沙子，不给任何一次错误留下改正的机会。于是，原本美丽的爱情不得不走向岔路口。

向北，我很想你。可是，哪怕时光能倒流，我还是会选择当初那个答案。

不是所有的爱情，都会跌宕起伏；不是所有的故事，都能曲折离奇。

有些细节，不适合告诉别人；有些情绪，只适合伪装自己。

我很庆幸遇见他，哪怕是在错误的时间，错误的地点，以错误的插曲结束。

我只希望，在彼此曾动容、欣喜、渴望、期待的那个真实又远去的爱情故事里，我不是一个错别字。

如果追我的人是你，我会跑慢一点

暖暖说我把她的年龄夸大了，她哪有24岁，明明才23岁呀。

我问暖暖：“你那么年轻，那么漂亮，又何必那么辛苦呢？”

不知道从什么时候开始，暖暖的微信朋友圈里充满了广告。有一段时间，我屏蔽了她。一天，她突然打电话给我，质问我她昨天发的微信朋友圈，我为什么不点赞。

我赶紧用另一个手机打开她的微信朋友圈，上面是一张自拍照：星巴克，阳光透过玻璃窗。她穿着棕白相间的外套，左手托腮看着窗外的世界，似乎在思索什么。照片下配了一小段文字：先对我好的人是你，先走掉的人也是你。

这张照片，我当作手机屏幕壁纸用了半年。

我问暖暖，最近碰到什么不开心的事情了吗？

暖暖说没有，她只是觉得，很久没听到我的声音了。

暖暖说，年轻只是暂时的，她不能靠年轻这个优势活一辈子，有钱的人可以保养，可以富美，可以永远比同龄人年轻，没钱的人只能当黄脸婆！

我说，同龄人有青春的故事，她的青春只有挣钱的故事，这就是差别。

暖暖说，她不想和我辩论，怕万一打起来，又打不过我。

我说，我都28岁了，就算想打她，也跑不过她，追都追不上。

暖暖说，她跑得慢，如果是我追她，她真的会跑慢一点的。

我跟暖暖认识三年了，但从来没见过面。

2015年12月，一个发小结婚，我是他婚礼仪式的总策划人。婚宴开始时，坐在我旁边的另一个发小的女朋友说，没想到我这么厉害，她要给我介绍个女朋友。

那个“女朋友”，就是暖暖。

暖暖的声音很好听，我们经常通电话，一聊就是一两个小时。我们聊的话题很多，但聊到最后，通常是她在抱怨现状或者回忆往事，我则在讲人生大道理。

她常常会抱怨："大哥，你能不能别讲那些大道理了，好烦呀！"

然后，我就开始编故事，但她听不懂，最后只好很无奈地说："大哥，要不你还是讲道理吧！"

有一段时间，她工作很忙，几乎没时间跟我聊天。无聊的我，计算着和她认识36天，一共打了133次电话，其中50次未接通，接通的总时长是1158分钟36秒；和她聊天的语音文件有126.3M，聊天记录有113209个字。

后来我把这些告诉了暖暖，她说："大哥，你不是说你工作很忙吗？怎么有闲工夫算这些？"

对呀，我是很忙呀，怎么会有闲工夫算这些？

2016年正月初三下午，暖暖给我打电话，问我在哪儿。

我说："你要跟我约会吗？"

她说："是呀！"

我说："我下午去亲戚家拜个年，晚上约你！"

她说："晚上我要去朋友家吃饭，改明天吧！"

暖暖从认识我那天起，就说让我过年请她吃饭，但直到春节假期结束，我回公司上班，我也没跟她见上一面。

认识第61天。早上9点，暖暖还在睡觉，我给她发了一条微信："你猜我会不会突然出现？"

早上10点，暖暖给我回了一条微信："你连我住在哪儿都不知道，怎么可能突然出现？"

我说："我早就知道了，只是现在才敢跟你说。"

暖暖连续发了28个惊讶的表情，说："你怎么能突然出现！"

之后，暖暖不接我的电话，微信也不回。

中午12点，暖暖说，她要去上班了，让我自己找地方吃饭，吃完早点回去。

我说，好！

暖暖是双鱼座的，喜欢惊喜，喜欢浪漫。

她说，她只是没有准备好。

我不知道，她是没有准备好见我一面，还是没有准备好开启一段看似浪漫的浮在想象中的感情。

后来，暖暖说她换工作了，离开漳州，去厦门工作。

我说，我经常去厦门，有机会一定去看你。

2016年，我去了6次厦门，每一次都会在临动车发车时，给暖暖发一条微信："Hello，我来厦门了。"

暖暖回复说："你又不是为我来的，所以我们还是不要见面了，我只当你又多欠我一顿饭。”

暖暖换了一份工作，几乎从零开始。她微信朋友圈里不再发一些伤感的情话，有时候是发一本关于养生的书，有时候是发几条广告。她和我的联系，也从每天三四通电话到每三四天一通电话，从一天到晚聊天到偶尔一句“早安”“晚安”，从一无聊就给彼此打电话，到看到彼此的号码，熟悉又陌生。

暖暖说，为了追上我，她几乎是用跑的。

我唱的英文歌，她听不懂，就一句一句找翻译；我写的商业文案，她看不懂，就一遍一遍地重复看。

她说，认识我之前，她觉得自己在周围的圈子里是最懂事的，最成熟的，最厉害的；认识我之后，她发现她的骄傲就像西瓜最中间的那一部分，而我的世界，是包括西瓜，还有苹果、香蕉和水蜜桃等整个水果界。

有一次，我和暖暖聊到深夜，直到我的手机自动关机。

手机刚充上电，暖暖打了过来，问我为什么关机。

之后，又问我：“大哥，你不觉得我们不合适吗？我配不上你，无论哪个方面。”

我说，撕掉身上被世俗定义的各种标签，我们其实都一样。

暖暖说，听不懂，不知道你在讲什么。

暖暖跟我认识了三年，我们至今没见过面。

过去的一年，暖暖成为比我想象中更优秀的女孩，而我却成为自己越来越讨厌的样子。

暖暖还是会在微信朋友圈发各种微商和点赞活动，我发微信问她：“这么辛苦，挣那么一点钱，值得吗？”

暖暖回了一个笑脸。

我说：“真的不必那么辛苦的，我养你吧！”

暖暖还是回了一个笑脸，说：“大哥，如果真觉得我辛苦，就发个红包给我吧，我午餐可以加个卤蛋。”

我给暖暖发了一个88.88元的红包。

暖暖领取了红包，说：“谢谢，我午餐一定会加个卤蛋的。”

暖暖以前说过，她很讨厌吃卤蛋。我记得。

暖暖很认真地说，如果追她的人是我，她真的会跑得慢一点的。

可是，暖暖，你会在哪里等我呢？

我知道，如果是去见你，天不亮，我就会出发的。

那么你呢，暖暖？

知道我要去见你，你会不会天不亮就离开呢？

喜欢就在一起，别辜负了相遇

直到遇见艾米，我才知道，我曾遭遇的所有苦难与辛劳，原来都是为了更好地守护她。

可是艾米说，是我把自己的心房锁紧了，她住不进去，就只好离开。

遇见艾米之前，我的日子过得一团糟。

家里堆满了啤酒瓶，偌大的电脑桌，散乱地放着四个烟灰缸，里面塞满了烟头。

艾米第一次去我家的时候，根本不知道从哪里下脚，一边啧啧地感叹，一边收拾。

我没告诉艾米，每个第一次到我家的女生做的第一件事，就是打扫卫生。

艾米说："这跟你写的小说完全不一样呀！你写的小说即便透着残酷和冷漠，但至少是整洁的。我完全无法想象在这种环境下，你是怎么写出那么多凄美的爱情故事的，好神奇。"

我没有回答她。就像她不知道，光鲜的外表下，往往隐藏着一颗千疮百孔的心。

我跟艾米说："你真的要住进来？"

艾米叉腰喘气地点点头。

我也点点头，面无表情地说："好，你是第三个住进来的女生。"

艾米愣了一下，朝我做了一个鬼脸，笑着说："我乐意！"

当天下午，艾米就回家打包行李，或者说，她早就打包好了。

我原本以为，她只是开玩笑。虽然我认识她将近三个月了，但除了牵手拥抱，我们并没有其他亲密接触。我不知道，她是哪根筋搭错了，竟然做出这样的决定。

后来我问艾米："你怎么那么认定我是一个好人？"

艾米很肯定地说："我相信你不是一个坏人！"

"如果我不是好人呢？"我追问。

艾米靠在懒人沙发上，不甘示弱地说："如果我也不是好人呢？"

艾米在一家商场工作，是一个导购。因为爱笑，她特别招人喜欢，在整栋楼里人缘都很好。

我在一家杂志社工作，是一位编辑。我不苟言笑，看起来很深沉，实际上肚子里没多少墨水，也不喜欢跟别人打交道。

艾米说："有时候我觉得我们不是一个世界的人，别人看你的小说，看到的是社会现状和普世价值，我却只能看到谁跟谁在一起，谁对谁不好。"

我笑着说："其实没多大差别的，只不过别人是在概括，而你是在叙述，但人生不就是一个慢慢叙述的过程吗？概括的只有结局，人又不是靠结局而活的。"

艾米说："哎呀，太深奥了。说实话，我不喜欢跟你出去聚会，你和朋友们谈论的话题，我真心听不懂。"

我笑着说："我跟你参加聚会的时候，你和朋友们谈论的话题，我也听不懂。"

这时，艾米半躺着靠在我的身上，忧伤地问："那我们为什么还要在一起？"

我笑着反问艾米："为什么不能在一起？"

艾米摇摇头，把脖子枕在我的胳膊上，仰视着我问："为什么能？"

我没理她。

有些问题，永远没有答案，也没有那么多为什么。

艾米，你生病的时候，我愿意大冬天在你床头坐一夜，就怕你半夜口渴想喝水，迷迷瞪瞪会乱踹被子；你玩疯了半夜还不回家的时候，我不骂你，会半夜去接你或者坐在沙发上等你回来；那些我坚守的原则和底线，在你面前都可以被打破……

并不是因为你有多好，或者我有多好，恰恰是因为你有一些不好，我也有一些不好，我们正好互补。

艾米常说："你不觉得我在你面前显得很幼稚吗？你身上的光芒太盛，以至于我所有的闪光点都失去了颜色，我觉得好忧伤。"

我没回答，只是嘿嘿地笑着。我想，如果我也幼稚，如果我不够努力，又怎么有资格去爱你？

艾米的身边不乏追求者，她常常会把手机递到我的面前，很得意地说："喂，又有人向我示爱了。"

我通常只瞄一眼，不发表任何意见。

艾米便会很生气地说："喂，你不吃醋吗？假装一下也好，好歹我也是你女朋友！"

我会接过手机，翻一翻相册，笑着说："哎哟，你这么丑，谁会看得上？"

艾米这时便会抢回手机，坐在懒人椅上，鄙视道："你不得意会死吗？”

我相信艾米绝对不是向我炫耀，她只不过是在告诉我，这个世界上除了我之外，还有很多男生关注着她。可是，我丝毫不在意，我知道，如果有一天艾米爱上了别人，她断然是不会告诉我的。

但是我没有想到，如果一个女人真的爱上了你，她会比你想象中更爱你。

当我的微信里多了一个经常聊天的女生时，艾米发疯似的追问我。

我不理她。她开始生闷气，无声地哭，豆大的眼泪掉下来。

直到她眼睛哭肿，我也没解释一句。

她哭累了，抱着一床毛毯在懒人沙发上睡着了。我怕她着凉，只好把她抱到床上。

她勾着我的脖子，紧紧地抱着我，一句话也不说，就那样保持了一个晚上。

我知道，那晚她一直做噩梦，而我一晚没睡。

如果我是爱你的，那么身边经过的女性，都不过是路人。

我没有跟艾米承诺过什么，只是说：“你若留，我还在，你要走，我不送。”

艾米要走的时候，我没有阻止，在阳台抽着烟。

她叫来一个男生帮她搬东西，那个男生很殷勤，我猜，他应该是追过艾米吧。

东西都搬完后，艾米又回来跟我告别。她噙着眼泪站在我身边，哽咽着说：“你真的舍得我走吗？”

我没有回答她，只是看着远方的车水马龙，猛抽了一口烟。

艾米说：“只要你一句话，我就不走了，留下来。”

我转过头，笑着说：“别哭了艾米，快下楼吧，别让那个男生等太久了。”

艾米做了一个很长的深呼吸，抬头看着我：“你能不能再抱我一次！”

我没有动。

艾米便紧紧地抱着我，抱了很久。我甚至能听到她心碎的声音。

直到她走了，我也没有回头。

艾米走后再也没有跟我联系。

我恢复了单身生活，但房间里的摆设，还保留着艾米走时的样子。

我不知道潜意识里是不是还在等着艾米回来，但从此之后我再也没有打探过任何有关她的消息。也许真的如艾米所说，是我把自己的心房锁紧了，她住不进去，就只好离开。

可是，我也有自己的苦衷。以前，艾米带我去她工作的商场参观，那里的一双鞋，一个包，一件衣服……我都买不起。我一直在努力，但我对于这个行业，外人看来很羡慕，其实待遇并不高。以我目前的状况，要想给艾米一个安稳的家，恐怕是痴人说梦。

为什么那么多男生明知艾米和我在一起还敢追求艾米？也许是因为，他们知道，那么青春靓丽的艾米，我是配不上的，我除了所谓的虚浮的才华，硬件条件可谓不值一提。

虽然艾米总觉得她在我面前有点卑微，但是她有大好青春，有漂亮的容貌，有正当工作，有亲和的性格，她这样的女生，其实可以有更好的选择。

这也是我不挽留艾米的原因，但我很清楚，这更是一种借口。

艾米曾在深夜给我讲过一个八仙山的故事。

从前有一座八仙山，山里住着七个貌美如花的女子和一个男子。到了婚嫁年龄时，七个女子都爱上了男子，但男子只爱其中一个。男子不忍心看到另外六个女子伤心，最后只好选择离开。

艾米讲完后，我问她：“你讲这个故事是想告诉我什么？”

艾米笑着说：“我是想问你，如果是你，你会怎么做？”

我说："都娶了不就可以了，韦小宝还有那么多老婆呢！"

艾米狠狠地掐了我一下："不可以！"

我说："那就娶自己爱的那个！"

艾米笑着说："所以就忍心伤害其他姐妹！"

我笑着说："那就忍心伤害那个自己爱且爱自己的人？"

后来，艾米笑得很开心。

直到艾米离开，我才想明白，大抵她的想法和我一样：如果爱，就深爱！爱本来就应该是自私的，我爱你就是我爱你，如果我爱你，还要考虑你的朋友会不会接受，还要考虑和你在一起之后，你的追求者会不会受伤，那还怎么在一起？

如果爱，就深爱。未来太远，经不起我们的预测或者假设，跟随心的节奏一步一步往前走，哪怕遇到荆棘，淌血而过，也不要落荒而逃。

好的爱情，从来不会迟到

林蔚说："你这样胡闹，谁敢靠近你，谁敢关心你？"

我没有反驳。

当我把这个计划告诉林蔚，告诉身边的朋友时，他们都说："顾盼，你真够疯的！"

林蔚说："你就是一个'女汉子'，坚强到不食人间烟火，坚强到别人想靠近你，得先掂量一下自己够不够分量！"

我没有反驳。

2016年8月，我告诉林蔚："我要出趟远门。"

林蔚骂我："你是不是又抽风了？"

我说："我想来一场远行，带3000块钱，带一个旅行箱，带一个相机……”

林蔚打断我的话：“你男朋友跟你一起去吗？”

我说：“他请不到假！”

林蔚追问：“那你跟谁一起去？”

我说：“没跟谁一起，一个人去！”

林蔚骂道：“顾盼，你真野！”

我觉得，每个人都要有一场属于自己的远行。

那里有未知的风景，未知的行人。我可以无所顾忌地放飞自己的心，聆听、感触、选择、醒悟……

鹿宁在我出发的第二天傍晚打电话给我。

我说：“我已经在杭州了，西湖很美。”

鹿宁说：“我还以为你只是开玩笑呢？既然去了，就好好玩，下次我有空一定陪你去。”

我说：“没事，知道你工作忙啦！”

鹿宁说：“那等你回来，带你去吃你最爱的麻辣小龙虾。对了，钱带够了没？”

我说：“够了。没事，你不用担心我，好好工作吧！我给你寄明信片。”

鹿宁说：“哈哈，不用了。你知道的，我不喜欢这种文艺调调的东西，寄给你的其他朋友吧！”

我说：“那好吧！”

鹿宁是我的男朋友，做程序开发工作，他生活中的乐趣，除了写代码就是打游戏。

他不懂文艺青年喜欢的那些小句小段。我曾送给他好多书，有几米的、顾曲的、刘同的、张嘉佳的，他全都只翻了几页就扔到了角落里。

有时候，我为此很生气，甚至跟他闹矛盾，他总是无辜地说：“顾盼，你觉得让一个理科生看这类书真的合适吗？好比我给你几本JAVA开发手册、PHP大全集，你会喜欢吗？”

我无言以对。我不过是想让他了解我的世界，没曾想却像是要霸占他的世界。

鹿宁说：“如果两个人的兴趣爱好都一样，那生活还有什么乐趣？两个人各有所长，比如你很擅长写作，我很擅长写代码，这样才更好啊……”

鹿宁用了很长的一段话来表达他的观点。

我明白他的意思：爱，不一定是志同道合，也可以互相补充。

我不知道，是我的独立造就了鹿宁的倔强，还是鹿宁的倔强养成了我的独立。

我问鹿宁："周末去看电影吧？"

鹿宁会说："去电影院看多浪费钱啊，我给你下载高清版本的，在家看不也挺好吗？省下来的钱还能买点好吃的。"

我想，鹿宁说得对，我们的钱都是辛辛苦苦赚来的，能省则省吧。

我问鹿宁："情人节准备送我什么礼物？"

鹿宁会说："送花呀，中看不中用，要不送你一条项链吧？"

我想了想，鹿宁的工资都是熬夜熬出来的，就说："项链多贵，还是算了吧！"

鹿宁会说："也是，等结婚的时候买钻石，现在就不花冤枉钱了，要不请你吃大餐？"

我说："估计那天餐厅都爆满吧？要不，还是算了，晚上在家吃吧！"

鹿宁会说："也好也好，就是委屈你了！"

我笑："没事，在家多浪漫呀！"

林蔚经常问我："顾盼，你什么时候跟鹿宁结婚呀？按现在物价上涨的速度，再过几年我可就包不起红包了。"

我笑着回答："快了快了，你别那么小气，咱们都是五六年的朋友了，你再等等。"

林蔚骂道："三年前，你说大学一毕业就跟鹿宁结婚，现在你已经毕业两年了，和你一样大的女生，连孩子都生了，你怎么还不结婚？”

我无奈地笑着说：“这不是时机还不成熟吗？再者，我结婚，你那么着急干吗？”

林蔚笑着说：“你不结婚，我也不敢结呀！”

我说：“少装孙子，我结不结婚，跟你有半毛钱关系？”

林蔚说：“我要比你先结婚的话，就没钱给你凑份子钱了，能分期付款吗？”

我说：“给我滚。”

2013年，鹿宁对我说：“等你一毕业，我们就结婚。”我答应了。

2014年，鹿宁对我说：“再等半年，等咱俩都稳定下来，就结婚吧。”我答应了。

2015年年初，鹿宁对我说：“现在是我的事业上升期，我看结婚这事再等等吧。”我答应了。

2016年年底，鹿宁对我说：“房价开始下滑了，我差几万就攒够首付了，再等等。”我答应了。

林蔚问我：“鹿宁真的爱你吗？”

我很肯定地说：“废话，这还用问！”

林蔚又问："那你们为什么还不结婚，互相要流氓吗？"

我笑着说："那么早结婚干吗？结婚后多不自由，是吧？"

林蔚没再说什么。

我哭了。

不是因为我不相信鹿宁的话，我相信他，就像我相信自己对他的爱一样。

只是，我不知道除了我相信，还有谁会相信。

四年前，朋友们说："哇，你俩好般配呀，真是郎才女貌，太羡慕了。"

三年前，朋友们说："哇，你俩好般配呀，真是太羡慕了，什么时候把证领了！"

两年前，朋友们说："真羡慕你们还在一起，有爱情的婚姻才是幸福的，加油！"

一年前，朋友们说："差不多就得把证领了，要不然，多吃亏呀！"

现在，朋友们再也不会谈论起我和鹿宁，我们偶尔碰上了，也只是客套地寒暄。

2017年春节，鹿宁来我家拜年，我和他在一起这么多年，这是头一次。

我以为，他想给我一个惊喜，没想到却是惊吓。

鹿宁对我爸妈说："我是顾盼的同学……"

我瞪了他一眼，没听下去，就回房间了。

我私下问鹿宁："你到底想怎么样？"

鹿宁反问我："你到底想怎么样？"

我说："行就行，不行就拉倒。"

鹿宁说："好。"

半夜11点，鹿宁发短信说，他喝醉了，找不到回宾馆的路。

我揉着红肿的眼睛出了门，打了一辆车，找到了鹿宁。

鹿宁哭得很难过，他说："顾盼，我爱你，可是我配不上你。我什么都不能给你，我没有房、没有车，甚至不能给你承诺什么……顾盼，我对不起你……顾盼……"

鹿宁说得语无伦次。把他送回宾馆后，我坐在宾馆大堂哭了很久。直到妈妈来接我时，我才回家。

第二天，鹿宁什么话也没留下，就回福州了。

之后的一个月，我们没再联系。

我把工作辞了，在家待到三月才回福州。

一回福州，林蔚就火急火燎地问我跟鹿宁怎么了。

我笑着说："分了。"

林蔚说："那我有机会了。"

我说："是！"

林蔚倒吸一口凉气，说："四年的感情啊，你们说分就分了？我找他算账去。"

林蔚真的找鹿宁算账去了，瞒着我。

他打着撮合的名义，叫鹿宁去喝酒，然后在酒桌上借酒发疯，把鹿宁的头砸破了，也把鹿宁右手的小指、中指打折了，让鹿宁在床上躺了将近半个月。他自己也没落下什么好处，赔了近5000元的医药费，还被拘留了三天。

我问林蔚："是我主动提分手的，你是不是有病，打他干吗？"

林蔚反问我："怎么，我打他，你心疼了？"

我笑道："心都没有，怎么疼？"

林蔚把手指关节掰得咔咔响，坚定地说："反正我打得很爽。"

我把分手的经过和林蔚说了一遍。

林蔚说："顾盼，你真是个'女汉子'，放弃这么多年的感情，你只哭了那么几天，竟然就跟个没事人一样嬉笑打闹，简直不可理喻。"

我反问："那你要我怎么样？一哭二闹三上吊？那不是我的作风！"

林蔚说："我看你啊，真的是爱得丢了自己，丢了灵魂！"

我笑着说："没那么严重，只不过呢，日子该过不还得过？"

这之后，林蔚几乎每天都准时给我发"早安"和"晚安"，有事没事就给我讲笑话，还经常带我去吃饭。

我笑着问林蔚："你是不是爱上我了？"

林蔚摇摇头："你想多了，我纯粹是为了让你感受一下社会主义的温暖。"

我笑着说："哈哈，客气了，最近火气大，再温暖就直接热死了。"

林蔚说："反正闲着也是闲着，我看你这婚一时半会儿估计也结不成了，你也不能把我耗在这儿，要不你给我介绍个对象吧！"

我说："这事靠谱！"

于是，我把一个叫方芮的前同事介绍给了林蔚。

和方芮牵上线后，林蔚将近一个月没跟我联系，果然是见色忘义。

我突然有点失落。就像每天准时出发的公交车，突然晚点了，你等啊等，它就是不来，你想打车，却又担心，万一刚打上车，它又来了呢。

我只好旁敲侧击地问方芮，她和林蔚进展到哪一步了。

方芮问：“顾盼，你不觉得林蔚很温柔吗？”

我摇摇头：“没觉得，还好吧！”

方芮问：“顾盼，你不觉得林蔚很男人吗？”

我摇摇头：“没觉得，还好吧！”

方芮问：“顾盼，你不觉得林蔚和你很相配吗？”

我摇摇头：“你说什么呀，我可是把他介绍给你了。”

2017年儿童节，方芮突然约我：“顾盼，晚上一起去唱歌吧。我叫了一些朋友，大家好好疯一次，说不定你还能遇到心上人呢。”

我考虑了一下，确定我不是去当电灯泡后，答应了。

约定的时间是晚上8点，但直到9点，林蔚和方芮才来到包厢。

音乐瞬间停下，灯光从绚丽模式换成柔和模式。

一位朋友拿起话筒说：“接下来是一个很特殊的环节，大家猜是什么？”

“表白”“求婚”……我也跟着起哄。原来是这个环节呀，看来林蔚这小子速度很快呀，不到一个月就上手了。

林蔚拿着话筒，走到中间，深吸一口气，低头沉默了大概30秒。吵闹的包厢瞬间静得有些唯美，大家翘首等待着一个重要的时刻。

“各位我所认识的和不认识的朋友，大家好，我叫林蔚。此时，站在这里，我很激动，也很害怕。激动的是我终于做了这个决定，害怕的也是我终于做了这个决定。我想，人的一生，总会遇见那么几个让你心动的人，有的时候因为害羞，你错过了，有的时候因为猜测，你又错过了。

“以前，我以为爱一个人，就是等待，等待合适的机会表白，默默地、不求回报地付出着，直到她感受到你的爱，并表态。于是，彼此耽误着，直到她跟了别人，你才开始后悔，后悔为什么不早点说出来，后悔自己为什么那么害怕被拒绝。但是现在，我不想再后悔。”

我说这小子怎么一直不找女朋友，原来是因为这个。一个大男人，还扭扭捏捏的。爱就爱，恨就恨，有什么了不起的。但是，我还是鼓了掌。我跟林蔚认识这么久了，这是他第一次在我、在大家的面前说关于他的爱情故事。

我扭头看了看方芮，有些小失落，因为又有一个挚友要为人夫了。

“是的，我曾爱过一个人，深深地爱过，直到她成为别人的女朋友，我才开始后悔。后来，他们之间的矛盾越来越多，分歧也越来越多，我才慢慢明白，我曾经以为会有人替我爱她，可是我又怎么敢轻易地相信、轻易地确定替我爱她的人会比我还爱她呢？也许，爱情并不只是祝福，也应该是占有。如果她的身边没有比你更爱她、更适合她的人，你的默默守候、默默付出难道不是助纣为虐，甚至是把她推进万劫不复之地吗？我不想说这么多大道理，我只知道，这些年，我爱得好幸福，也爱得好辛苦，以前我错过了，这次，我不想再错过了！”

看着朋友们从包厢外送进来一束鲜花，我突然觉得好浪漫。跟林蔚认识四年了，我只觉得他很细心，却从未发现，他竟然这么浪漫。

林蔚接过花，微笑着看了一眼方芮，然后回到中间说：“是的，我不想错过了，今天，我要向在场的一位我曾深爱了好多年，就像是深爱了一辈子的女孩表白。”

好多年？我环顾了一下包厢，只见方芮冲我微微一笑。

我还没有缓过神来，林蔚忽然向我笑了笑，深情地说：“顾盼，你愿意做我女朋友吗？”

我的心几乎跳到了嗓子眼，脑袋里一片空白，感动的泪水滑落在脸上。我吃惊地看着林蔚，这个我认识了多年的老友，此刻竟感觉如此陌生。

我毫无意识地接过鲜花。大家开始鼓掌，并起哄说：“顾盼，你是不是要说点什么啊？”

林蔚把话筒递给我，我盯着他，忍不住笑了起来：“笨蛋，你迟到了……”

原来我们只是互相取暖的人

飞机是上午8点10分降落在首都机场的。

每一次坐飞机，我手心都会出汗。特别是着陆的那一刻，我通常紧张得浑身颤抖。

七叶如果在我旁边的话，她肯定会嘲笑我："一个经常走南闯北的人，坐个飞机都能吓成这样，还有没有出息？"

我差不多两年没见过七叶了。

我最后一次见七叶是在富丽广场，那天我们相约吃火锅，吃到一半的时候，她问我："是不是一定要走？"

我点点头。

她说："那今天我请客吧。这样，你就欠我一顿饭。"

我笑着说："还是我请客吧，都请习惯了。"

七叶不同意，她说她一定要请，这样等她想我的时候，我一定要还回来。

认识七叶完全是出于偶然。

有一天晚上我在公司加班，直到11点才忙完。在劲松站下了地铁后，已经没有公交车了，我只好叫了一辆快车。

上车后，我看到一个头发很短的人站在路边东张西望，似乎也在等车。这个人就是七叶，当时她像个假小子，而且我看不出她是女生。

我透过车窗问七叶："兄弟，去哪儿？我去北工大，顺路就一起走。"

七叶上了车，但一路上都没跟我说话。到了我住的小区后，我下车，她也下车。

我这才知道，七叶跟我住在同一个小区。

后来聊起这段相识的经过时，七叶说，那次真是太危险了，一路上她都心惊胆战的，就怕我是坏人。我说，那天我一直以为七叶是个男的，只想着与人方便。

七叶并不相信，她说她长得这么秀气，哪里像个男的了？

我再次见到七叶，是三个月后。

周五晚上，我下班后觉得无聊，一个人来到小区门口吃烤串、喝扎啤。七叶下来打包快餐，看到我之后，直接把快餐放在桌上，跟我喝了起来。

那天我们到底聊了些什么，我早已忘得七七八八，只记得七叶当时很坚定地说，北京不是人待的地方，迟早有一天她会离开。

其实，我也是。对于大多数外地人来说，北京不是家，只是一个驿站。在这里，人们让梦想起航，或者让梦想破碎。

从这以后，几乎整个夏天的每个周五下班后，七叶都会找我聊天。我们常常从晚上8点聊到11点，总是有说不完的话题。

2015年春天，七叶说她换工作了，准备搬家，要搬到北四环去。

我突然有点失落，毕竟和七叶认识一年了，以后我想吃烤串、喝扎啤、侃大山，要找谁做伴呢？

七叶说，天下没有不散的筵席，她要我习惯没有她的日子。

对于在外漂泊的人，能够聚在一起就是缘分，分开了，也并不一定会想念。异乡带给我们最大的感悟就是，我们很容易跟一个人交心，但是也很容易就忘记一个人。

但是，我没那么容易忘记七叶。有时候，我会特意跑到北四环找七叶喝上两杯。不过，那时候我们不在外面喝，通常是去超市买点菜，然后回七叶家，七叶下厨，我打下手，菜做好后就开喝。

有一回，七叶喝醉后，一个劲儿地哭。

我问她怎么了，她说不想再待在北京了，她要回老家了。

原来，七叶跟大多数北漂不一样，她不是为了实现所谓的梦想。她从老家陕西千里迢迢来到北京，是为了她男朋友。但天意弄人，她在北京稳定后，她男朋友反而开始了常年出差的工作生涯。正因为这样，七叶才觉得无聊，无聊到不介意陪我喝酒。

长期的异地恋，导致七叶和男朋友的关系越来越僵，最后两个人互不相让，宣告分手。

坚守了这么久，到头来一场空。七叶说，她找不到再继续留在北京的理由了。

2015年初夏，七叶正式辞职，准备离开北京。

我们找了一家KTV，唱了一个晚上，唱到声音嘶哑。

七叶伸手，让我抱抱她。

她说很感激在北京还有我这么一个朋友，唯一的朋友。

我说，我也是啊，北京这么大，大到我一个人都不认识，北京又这么小，小到我可以从两千多万人中遇见她，和她说上话。

七叶问我，她走了以后，我会不会想她。

我说不会。

不会，是因为我不想让七叶走。

七叶收拾行囊的那天，我跑到她住的地方，送给她一束玫瑰花，问她能不能不离开。

七叶愣愣地看着我手里的玫瑰，一句话也没说，整整看了两分钟，然后突然蹲下身，哭得很难过。

我一个劲儿地跟七叶说，对不起，对不起！

七叶哭了很久，才啜泣着低着头说："我以为你也不要我了。"

那段时间，我工作不顺，便跟公司申请休10天假。

我带着七叶一起逛故宫、逛西单、逛动物园、看话剧、听相声、游长城，还去簋街吃了一顿小龙虾。

七叶说，她来北京好几年了，也陪过很多人游北京，但她第一次玩得这么开心。她还说，她也是第一次发现，我除了胡说八道之外，对每一处景点都能说出一点点道道来，原来是个有文化的人。

我没跟她说，为了逛这些地方，我每天晚上都搜资料、背攻略。

七叶说她很想去一趟灵隐寺。于是，在我休假的最后三天，我们订了去杭州的机票。

飞机起飞的时候，七叶突然就哭了。我安慰她，让她别害怕，我会一直陪在她身边。

七叶说，看着脚下的北京城，她突然觉得好难过。

从杭州回来后，七叶又找了一份新工作，又一次在北京稳定下来。

我以为，我们的关系也就这样稳定下来了。但没过多久，七叶忽然对我说，她和男朋友和好了。

我问七叶能不能介绍认识一下，她说不方便。

我问七叶，这样的话，是不是意味着我失恋了？

七叶说，其实我们心里都很清楚，我们并不适合。她迟早会离开北京的，她不可能跟我走，我也不可能跟她走，北京太大，大到没有我们可以安放的家。

我把工作辞了，选择了离开。北京虽然大，但我怕不小心又会遇到七叶。

离京之前，七叶约我最后吃一次火锅。她说她请客，这样我就可以欠她一顿饭。

回想起来，认识七叶的时候，我刚跟女朋友分手，几乎每天晚上都到小区门口喝酒。自从七叶出现后，我开始特别期待每个周五。七叶从来不讲她的男朋友，我也从来不讲我的前任。

我们很矫情地谈着理想，很煽情地谈着听来的故事，很尖锐地谈着工作，很无聊地谈着隔壁桌的情侣。

感情也许就是这样，并不特别的一个人，出现在你恰好需要的时刻，你就变得充满了期待。而一旦习惯这个人之后，你就舍不得摆脱。

我和七叶之间，可能从来就没真正爱过，只不过，各自在感情的寒冬里，恰好遇见，恰好可以互相取暖，就盲目地在一起了。

从机场出来，住下酒店后，我给七叶发了一条微信，问她什么时候有空把欠我的那顿饭还了。

七叶说，下次吧，她的小孩生病了需要照顾，她走不开。

我突然觉得，我也该结婚了。

你我之间不是谈场恋爱那么简单

◎¤¤

§§§

我欠你的情，什么时候可以还清

辛欣说她被房东赶出来了，要搬到我家。

我说江滨路新开了一家快捷酒店，很便宜，搬到那里去吧，大不了房费我付了。辛欣说她行李很多，酒店放不下。

我说行李先放我家，让她在那家酒店暂住几天，我帮她找房子。辛欣说她不要，她还不想找房子。

辛欣说，她不会霸占我的双人床，也不会趁我睡着了欺负我，她只是想住我家了。

第二天早上六点，辛欣就打电话给我，让我过去帮她搬东西。

我骂她有病，又不是赶着去投胎，这么早干什么？但我还是起床收拾了一下，然后开上车，猛踩油门往她家赶去。

到她家门口时刚好七点，我原本盘算着在她面前表现一下我多么讲义气，可是，敲她家门她不开，给她打电话她不接，给她发微信她不回。

我苦苦熬到九点，就怕她出什么意外，都做好了报警的准备，她终于打电话问我到哪儿了，她说她刚醒。

我说："辛欣，三分钟内不开门，我们从此断交！"

辛欣完全没理会我多么愤怒，轻轻"哦"了一声，让我下楼帮她买一个煎饼果子，要加香菜和油饼。

辛欣住在十三楼，当初我跟她说，千万别搬到这种数字不吉利的楼层，她说她信佛，无妨。她吃完煎饼果子，从冰箱拿出两听啤酒，问我喝青岛牌的还是百威牌的。

我问她有没有二锅头，这样我喝完了开车，可以早点被抓。

辛欣就开始笑，笑到肚子痛，过了好一会儿才说："我忘了你今天是开车来帮我搬家的。"

看到一房间的东西，我骂辛欣："你一个奔三的女人了，不知道提前把东西收拾好吗？这么多乱七八糟的东西，收拾完天都黑了，还搬什么家？"

辛欣说："我已经收拾好了呀，随时都可以走。"

我问辛欣："冰箱、洗衣机、电脑、衣服、被褥、沙发，这些都不用搬走吗？"

辛欣盘着腿坐在沙发上说，冰箱、洗衣机和空调是房东的，她不敢搬；沙发、被褥是前任买的，她不会要；衣服都是前任说好看，她才买的，也不要了。

然后她补充了一句："对了，还有那台台式电脑，你帮我砸了吧！"

我拔掉电脑的电源，找来一把剪刀，三五下把电源线、数据线都剪断了，然后抱起主机扔到地上。

辛欣猛地从沙发上蹦下来，指的我鼻子大骂："你是不是疯了，电脑是我买的，你凭什么砸？"

我说："明明是你让我砸的，到底谁疯了？"

辛欣叹口气，说："我疯了我疯了，收拾东西吧，不早点收拾完，肯定会把你逼疯。"

一阵忙碌，我们收拾了两个纸箱，一个行李箱，一个背包。

辛欣站在门口看了很久，一副很不舍的样子。

我从口袋里掏出打火机，递给辛欣："放不下，就一把火烧了吧！"

辛欣把钥匙扔进房间，转过身问我："有没有烟？"

辛欣第一次抽烟，是在我跟她说我明天就去上海的时候。

她说难得朋友一场，要好好给我践行。

然后我们东拉西扯，聊她大二时喜欢的那个学长，被她发现是“渣男”后，我是怎么把他的头打破的；聊我大三时喜欢一个学妹，她是如何帮我出谋划策，让我成功抱得美人归的。

辛欣说，毕业三四年了，她突然发现，那些当初觉得一辈子都不会忘记的人，她突然连名字都想不起来了。唯独我是个例外，她连我什么时候捉弄过她，骂过她，都记得清清楚楚。

那天晚上，辛欣问我谈过几个女朋友，我还没说，她反而先说她谈过三个男朋友，说完就跟我要了一根烟。

我说我也谈过三个，如果没算上辛欣的话。

辛欣被烟呛得咳了很久，骂骂咧咧地说，什么破烟，真呛！

我去上海的第一年，住在郊区，每天要坐两个小时的地铁到公司。公司老板是一个精明的书商，我负责给他编书、写稿，约定的基本工资是3000元，稿费是一千字50元。公司在我试用期只发基本工资，在我三个月转正后补发稿费。

第一个月，辛欣给我汇了1000块钱，她说：“知道你生活困难，这钱你拿去用，不用还。”

第二个月，辛欣又给我汇了1000块钱，她说：“这钱是借给你的，你发工资后必须原数还我。”

第三个月，辛欣居然给我汇了3000块钱，她说：“利息一毛五，每月递增20%。”

三个月后，老板说我写的稿件质量不行，把我辞退了。

我问他：“那我的稿费呢？”

他眯着眼笑着说：“你都没有通过审核，还有脸要稿费？”

我深吸了一口气，肚子里憋着无数脏话，正要破口大骂，老板从抽屉里拿出一个信封，递给我说：“年轻人，生活也不容易，这里有1000块钱，算是补偿。”

辛欣知道这件事后，骂我是“怂货”，居然被这么点钱打发了。

我觉得辛欣骂得对。

辛欣其实很早以前就想过搬家，可是，她不知道搬到哪里，哪里才能成为家。

辛欣说，她男朋友前几天给她打电话，很客气地说分手，说他爱上了另一个女人，说他已经不爱辛欣了，希望辛欣过得幸福。

我问辛欣，听到分手的时候难过吗？

辛欣说她可能会难过一阵子，可能会舍不得小区门口的帅气保安，舍不得说话幽默的保洁阿姨，舍不得坐在阳台上发微信朋友圈状态的三年时光。

她唯独没有说舍不得那个花心的前男友。

收拾好后，我带辛欣去楼下的商场逛了逛，她买了毛巾、牙刷等生活用品。我发动了车子，她突然说，她会给我付房租的。

我笑了笑说："用不着，当初你借给我的钱，我不是也还没有还？"

辛欣"哼"了一声，说："终于良心发现啦，当初就不该借给你钱，让你在上海穷死才好。"

我说："现在想想，我确实应该感谢你帮我度过了那段难熬的日子，不然我也不可能咸鱼翻身，反过来帮助你了。"

突然间，我在心里问：辛欣借我的钱，我要怎样才能还清？

你要是累了想嫁人，就嫁给我吧

木瓜比我小四岁。

我经常骂她，女孩就要有女孩的样子，要学会示弱。

她不赞同，她说自己的理想是改造世界。

四年前，木瓜考公务员，以笔试第一的成绩参加面试。

去面试的路上，她还给我发消息炫耀，说她很快就是“吃皇粮”的人了。

面试的过程很顺利，结束之后，我带着她去吃日本料理提前庆祝。

木瓜很喜欢吃生的东西，但我吃不来，只好让服务员上了一份炒饭。

木瓜很嫌弃地说："既然小叔你不喜欢吃日本料理，为什么要请我？"

我说："你喜欢就好。但是，我只比你大四岁，我又不是你亲戚，为什么管我叫小叔？"

木瓜调皮地说："你刚说的呀，我喜欢就好。"

半个月后，面试的结果揭晓，木瓜没被录用。

之后，木瓜又参加大型国企、世界500强等各种单位的招聘，无一例外，全部落选。

木瓜很伤心，她不知道自己哪点比别人差，她觉得找工作好累。

我告诉木瓜，现实最残酷的地方就在于，很多时候确实要看运气。

木瓜说，如果她一直找不到工作，要饿死街头时，我会不会管她。

我心里说会管，但我没敢说出口。

后来，木瓜终于转运了，顺利进入市中心的一家传媒公司上班。

木瓜上班后，接的第一个任务是跟着主管做某品牌的全年推广项目。

我约了几次木瓜想一起吃饭，她都说没空，要加班写品牌方案、要准备提案材料。我问木瓜，有没有需要我帮忙的？木瓜说不需要，她相信自己的能力。

在提案会议上，木瓜偷偷地给我发短信，说她好紧张。虽然不是她发言，但是她第一次参加重要会议，心情难免激动。

我反问她，既然是重要会议，怎么还玩手机？

木瓜说，对方公司的负责人还没有来。

当我出现在会议室，出现在木瓜眼前的时候，木瓜的眼珠子差点瞪出来，立马吓得脸都红了。

会议结束的当晚，木瓜请我吃饭，她问我，这个合作能成功吗？

我摇摇头。

木瓜很委屈地说，就不能通融一下？

我摇头。木瓜喘了几口粗气，抱怨地说："今晚必须由你来买单。"

那一年传媒市场整体不景气，木瓜所在的公司一直没有客户，一直在裁员。公司拖欠了三个月的工资后，木瓜选择了辞职。

木瓜给我打电话，说她失业了，没钱吃饭了，能不能到我家蹭饭。

我开车带着木瓜到超市采购了整整一后备箱的食品，然后帮她从一楼搬到六楼。

豆大的汗珠浸透了我的衬衣，我骂木瓜，为什么不找一个电梯房，至少也要找一个空调房。

木瓜说我这种人是不会明白的。

木瓜第一次去我家时，骂我是资本主义的走狗，130多平方米的复式楼，只住了我一个人。她觉得完全是浪费，哪怕我租出一层去，每个月都有5000块钱，这比她的工资还高。

我打趣说："那你来租吧，房间随你挑，租金随便你给多少。"

木瓜想都没想就拒绝了，她说她才没那么傻，住进来，就成了我的保姆了。

木瓜第一次带她的男朋友见我，是两年后，她已经成了另一家公司的部门经理，男朋友是她大学时的学长，他们是在一次活动中联系上并发展的。

介绍的时候，木瓜说我是她小叔，那种相差三五岁的长辈。

之后的半年，木瓜跟我的联系少了。偶尔我们一起吃饭，她说得最多的是她和她的男朋友。他们每周都吃一次大餐，每个月去周边城市旅游一次，他们计划以后每年去国外旅游一次，十年内玩遍全国。

我问木瓜，他们打算什么时候结婚。

木瓜说他们不着急结婚。

木瓜的男朋友长得很帅气，很有个性。木瓜说在一起半年，他换了好几份工作。

有时候，我问木瓜，她看中的是他的样貌，还是他的潜力。

木瓜说她不知道，只是跟他在一起的时候，觉得很开心。

又过了半年，木瓜给我发微信，说她失恋了。

在酒吧里，木瓜一滴眼泪都没有流，叫了一打喜力，让我给她唱首歌。

我唱了一首张学友的《我真的受伤了》。

木瓜一边哭，一边骂我怎么那么不会安慰人。

我说，我真的受伤了。

木瓜说，她原本以为他是爱木瓜的，哪怕他天天换工作，哪怕他什么也没有。

但我知道，一个男人最大的悲哀，不是什么也没有，而是不知道自己要什么。

我突然觉得，木瓜好像长大了。

分手后的木瓜，全身心地投入工作中。

每次聊天，她和我探讨最多的就是传媒行业的趋势和最新的经济政策。我问木瓜，作为一个女人，她真的要把事业放在第一位吗?

木瓜说，她觉得自己的能力还配不上自己的理想，她渴望爱情，但也希望有一天那个如意郎君出现在她面前时，无论他贫穷或者富有，她不至于纡尊降贵或者高攀。

两年后，木瓜买了一套自己的房子，搬家的那天，她请我去参观。

我对木瓜说，她真的很优秀了，比绝大部分同龄人都优秀。

木瓜在喝了半瓶红酒后，斜躺在懒人椅上，说她觉得很累。

木瓜说，她毕业考公务员的时候，笔试第一，面试第三，因为只录用两个人，而她是个没资历的毕业新生，所以被淘汰了。

木瓜说，她租在没有电梯的六楼是因为便宜，那时候，她的工资只够配得上那种环境。

木瓜说，她累的时候想过放弃，所以找了是本地人的学长谈恋爱，否则这种自私到从未想过结婚的男人，她怎么能接受。

木瓜说，在这个举目无亲的城市，她只能凭着自己的双手，一步一步地，打拼属于自己的未来。

木瓜说，她辛苦奋斗了五年，才有资格请我去她的新家参观，才有资格在我的面前很认真地说，她累了。

一个人装修、打扫、买菜、做饭那种累，一个人上班、下班、喝酒、失眠那种累，木瓜说她觉得自己真的累了。

我骂木瓜："女人可以坚强，但也要学会示弱。"

木瓜说："小叔，那我现在示弱还来得及吗？"

木瓜又说："小叔，我累了，想嫁人，嫁一个愿意养我的人。"

我盯着木瓜的眼睛说："我愿意！"

木瓜顿时张牙舞爪地说："谁说要嫁你！"

我笑着说："别这么蛮横，要学会示弱。"

如果你一贫如洗，我愿做你的行李

阿璃在烧烤摊前笑着对我说："你觉得我值得吗？为了一个人憔悴成这样。"

想到阿璃刚来福州时许下的那些能为爱情赴汤蹈火的誓言，我突然觉得眼前这位能扛得动桶装水，敢搬把椅子就上墙修电路的"女汉子"，在失去赖以勇敢的肩膀后，竟然会脆弱得让人这般心疼。

是不是在爱情里，所有的勇气都不过是因为他还在？是不是他走了，便会抽走你的灵魂，抽走你奋斗的激情，抽走你坚守的意义，更抽走你幸福下去的决心？

两年前的夏天，福州的地表温度将近40℃，阿璃打电话给我，问我有没有时间，陪她一起去看房子。

我骂阿璃是不是疯了，挑什么时间不好，非得挑太阳正烈的下午。

阿璃笑着说她的男朋友计划这周来福州，她得在他来之前找好房子，这样他一来就有地方住了。

那天下午，我们跟着中介跑了四五个小区。要么房子太破，没有电梯；要么小区环境很差，物业烂到家；要么房租太贵，交通不方便；要么周边的生活配套设施很一般。

我们从下午三点，一直逛到晚上七点，在小吃店吃了一碗扁肉拌面后，又看了两套房子，终于找定了一套，这套房子距小区300米有公交车站，距小区700米有大型超市，物业质量好，内部环境也好。这一套是大套隔小套的单身公寓，房租每个月1500元，水、电、物业、宽带费用另算。

与中介签好合同，交完押金和第一个月的房租后，阿璃说要感谢我，请我吃烧烤。

我问阿璃："租房子这种体力活，不都是男生干的，你一个弱女子，何必呢？"

阿璃龇牙咧嘴地说："哎呀，他没来过福州，反正今天我也闲着，况且今天收获颇丰。来，我敬你一杯。"

一个多月后，阿璃给我发微信，请我去她家吃饭。

我开玩笑地问她："是你下厨吗？你会做饭吗？会不会有什么阴谋啊！"

阿璃给我回了一个字："滚。"

我笑着问阿璃："要不要带什么东西，酒水卤料什么的？你男朋友喜欢喝什么酒，我顺便带一点过去！"

阿璃什么都不让我带，让我早点到就行了。

那天阿璃买了泡椒牛蛙、十三香小龙虾、爆炒螺蛳等下酒菜，又买了一箱啤酒。她不听劝告地一杯接着一杯地喝，聊公司那个嫁不出去的老女人，聊隔壁公寓的男人经常跟女朋友吵架，聊她有时候半夜一个人真的很害怕。

我问阿璃："你男朋友为什么没跟你住一起？"

阿璃笑着说："对啊，为什么不跟我住一起？"

直觉告诉我，阿璃和她的男朋友应该是闹了矛盾，不然她不会找我喝酒，更不会整套公寓都没有一点男人的味道。

我把音乐关掉后，认真地问阿璃："你俩是不是闹别扭了？"

阿璃摇摇头，给我倒满一杯酒，主动地碰杯，笑着说："没有，挺好的，就是不知道他到底什么时候来福州陪我？"

之前，我一直以为，阿璃早就和她的男朋友开始了幸福的同居生活了，想不到寂寞深夜陪伴她的，只有电话那头触摸不到温度的关心。

那时候，阿璃月薪也就三千多块，她花一半的工资租房，等一个不知道什么时候会来的人。

我问阿璃："值得吗？"

阿璃笑着说："我怕他来了，会怪我都没有准备好。因为不知道他什么时候会来，所以我一直认真地等。很傻，是吧？"

我点点头，又摇摇头。

公寓一年的租约到期后，阿璃没有续租，花了半天把东西都收拾好，问我有没有时间，去帮她搬家。

我问阿璃："搬家这种体力活，交给你男朋友就好了，干吗自己动手？"

阿璃叉腰喘气笑着说："搬家这种体力活交给男人就行了，干吗非得是自己的男朋友！"

我笑着说："阿璃，你不觉得这样会失去我这个朋友吗？"

阿璃反问我："会吗？"

看着地上乱七八糟的编织袋和纸箱，我问阿璃："别告诉我，你在这住了一年，你男朋友就没来过？"

阿璃脸上的笑容瞬间凝固了几秒钟："当然来过了，有好几次！"

"所以呢？"我问。

阿璃说："应该不会再来了？"

我疑惑地看着阿璃。

阿璃又补充道："我都搬家了，他还来这里干吗？你傻不傻。"

搬家后的阿璃，好像换了一个人。

当初那个总爱在微信朋友圈晒一些美丽风景和励志语录的阿璃，突然就换了黑白灰等阴郁的风格。我在微信上问过她几次怎么回事。阿璃总是笑着说她要学会成熟。

成熟，就意味着要犀利、消极和充满负能量吗？

阿璃笑着说："成熟，就是不再活给任何人看，只做最简单的自己！"

看着阿璃把自己弄成这副模样，我屡次劝告她找个时间好好放松一下。

在我的劝说下，几个月后，阿璃辞职了，她说她准备旅游一阵，等玩够了、闹够了就回来。之后，她每隔几天，就会给我分享一些旅行路上拍下的风景和人，她不再那么悲观，有了更多与生命有关的东西，有了更多有生活气息的东西。

其实，人的一生最幸运的事情，莫过于遇到一个深爱的人。无论最后结局如何，单是那段荡气回肠的经历，也足够令人振奋一辈子，回忆一辈子。

你呢，会不会也曾经这样爱过一个人：

他说他会来，所以你满心欢喜地准备，顶着烈日去找他要的房子，房子里有落地窗，有厨房，有大大的床，超市离房子只有10分钟的路程，门口就有到彼此公司的公交车。你还买了机器猫形状的水杯、有树懒图案的被单，冰箱里时刻准备着他最爱喝的德国啤酒，你还配了两张小区的门禁卡，买了两双拖鞋、两条毛巾、两个碗、两双筷子……

他说他会来，所以你满心欢喜地等候，等到他喜欢的玉米风味水饺夜宵你吃到吐，等到关了空调的半夜被子微凉，等到花海公园的柳叶马鞭草在暴雨中凋零。等他一天又一天，一个月又一个月。等他用一天的陪伴，消解你百天的寂寞。

他说他会来，你相信了。

他说他要走了，你怎么办？

之前总以为，所谓的幸福如果在水的另一边，那么你只要在码头把船票准备好，他就一定不会迟到；所谓的幸福如果在他的身后，那么就算他一贫如洗，你也愿意做他最后的行李。

后来，你也慢慢地明白了，他不迟到不代表就一定会到。他的心里在只想要诗和远方的时候，并不需要你这件行李。

对你的爱，不是谈场恋爱那么简单

2015年8月22号下午四点，米静说，她已经到车站了。我告诉她，我也刚下飞机。

如果不是米静前一天告诉我，她今天就要来，我肯定不会把火车卧铺退掉，再飞回福州。

按照我所在公司的规定，员工出差只报销火车票，500元封顶，但为了准时接米静，我只好又买了飞机票，票价1500元。

我很严素地告诉米静："你欠我1000元。"

米静无赖地讪笑着："反正我要钱没有，要命一条。"

"哈哈，看来你只能卖身抵债了！"我也笑着说。

米静继续她的无赖："要不就把你卖了抵债吧，哈哈。"

我跟米静认识一年了。她21岁，我26岁。

我经常问她："你一个小姑娘家跟我这个糟老头厮混在一起，不觉得有代沟吗？"

"有啊，可多代沟了。"米静常常以这一句为开头，然后又笑着说，"但那又怎样？"

我说不过她，无论是刚认识，还是现在，她的话题可以天南地北。虽然对我来说，她的见解难免有些幼稚，但我偏偏爱上了那些幼稚。

一年前，也是8月，具体哪天忘记了，我在大学母校专属的贴吧发帖怀旧，米静突然给我发私信，让我加她为好友。

我很清楚地记得，看到米静的私信时，我的第一反应是：怎么又是加友消息？其次便是：加吧，反正又不会损失什么。

我加米静为好友后，她的第一句话是："学长，你是哪一个年级的？"不等我回答，她继续说："我是今年的新生，趁还没开学，提前在贴吧里结识一些校友，这样以后就能互相照应了。"

我说："小姑娘挺有先见之明呀。我已经毕业两年了，你应该叫我叔叔。"

"哦，好吧，叔叔好。"米静客套地说。

那天，我和米静聊了将近七个小时，从夜里八点，聊到次日凌晨三点。

第二天我去厦门出差，此后将近三天没上网。等我回家打开电脑进入母校贴吧时，发现米静竟然每天都给我留言，几乎是每隔一小时一个问候。

我问米静为什么那么执着。

她说不知道，应该是有强迫症，觉得我可能会上线，所以必须等到我上线后回复她，她才能安心。

对于这个理由，我不信，但我很感动，只好说服自己相信。

我把我的手机号和微信号告诉了米静，跟她说以后找不到我就打电话或发微信，别再傻乎乎地在贴吧给我留言了。

后来的几天，米静总会在微信里准时向我问候，早上七点说“早上好”，晚上十一点说“晚安”。

我在早晨坐公交车上班的途中，她就开语音陪我聊天，直到我到公司后，她才去睡回笼觉。我问她：“你这也是强迫症吗？”

米静笑着说：“哎，你真是笨蛋呀，这不是强迫症，是生物钟。”

“你这不是生物钟吧，我看，更像是动物钟。”我打趣说。这个时候，我能够想象到她肯定是在抿着嘴笑。

米静特别爱笑，每当我坐在电脑桌前赶写工作文案的时候，她就坐在我旁边安静地玩自己的笔记本电脑。不过，她会突然神经质地盯着我看，然后就笑。

我问她："笑什么？"

这时候，她的答案绝不雷同："哇，你好丑呀！""哇，你好老呀！""哇，哈哈！"

我很快就能意会，她是在提醒我，应该带她出去玩了。

每逢周末，米静都会一大清早就敲开我家的门。她通常都带着笔记本电脑和早餐，吃过早餐就霸占我的电脑桌，占用我的网。

当然，这是在我认识米静两个月后。

米静来大学报到的那天，她让我去车站接她。她是福建南平人，个头不高，但皮肤很白，眼睛很大，背着一个黄色的背包，拖着一个橘红色的行李箱。也正是因为这亮眼的颜色，我才能在出站口一眼就看到她。

我是开车来的，米静上车后的第一句话，并不是"学校有多远"，而是"一会儿去哪里吃饭"。

那时已经下午三点，我带她去车站附近的面馆吃了一碗宫廷拌面，毕竟报到事大，报到完以后，我还可以正式请她吃饭。

吃饭的空当，我问米静："就你一副弱不禁风的'软妹子'模样，你爸妈也放心让你一个人来学校报到？"

“你可别小看我内心强大的小宇宙。”米静笑着反驳，“况且，这不是还有大叔你保驾护航吗？哈哈！”

“大叔有风险，靠近需谨慎。”我故意装出一副色眯眯的样子看着米静。

米静白了我一眼，然后又得逞地笑道：“放心，我把你来接送我的事情，你的手机号和微信号以及学校贴吧的账号都发在微博上了，所以……你懂的。”

事实上，她并没有这么做。对于她的第一次远行，选择未曾谋面的人接站，我始终也无法给出一个准确的定义，只能用一句话来佐证：野孩子都是没有思想的。

米静是一个吃货，这是一个不争的事实。

到学校报到完毕，分好宿舍后，米静只是洗了个脸，就让我带她到学校附近的饭店吃饭。

仓山万达，三楼烤肉店，这是后来米静最喜欢来的吃饭场所。

我们点了一份双人套餐，要了一瓶小优啤酒。干完一杯后，米静便先把自己喜欢吃的牛肉、脆骨、土豆片等各烤一份。她不会抢，只会在我往她碗里夹肉的时候，很客气地说：“你先吃吧！”然后在我的沉默和微笑下，她又乐滋滋地吃起来。

米静吃得不多，通常只吃几口，就开始享受烤肉的过程。

这是我正式请米静吃的第一顿饭，也是正式和她进行的深层次交流。

米静的声音很干净，她可以娇嗔但不做作。当我把一片外焦里嫩的肉片夹给她时，她突然抬起头，若有所思地问我：“我应该叫你哥哥、叔叔，还是学长呢？”

“你不是一直都叫叔叔吗？”我说。在我脑海里，“叔叔”已经是她对于我的定义了。

“不好不好，你本来就这么老，我再这么叫，不就显得你更老了……”米静摇摇头，深思了几秒，“叫你‘大人’吧！”

我差点没把嘴里的啤酒喷向她：“为什么你会想到这么奇怪的称呼？”

“因为我是小孩子呀，你就是大人，哈哈……”米静笑得很开心，“以后你不能再叫我笨蛋，我本来就比较笨，再叫就真成笨蛋了，你要叫我小静，懂不？”

我摇摇头：“凭什么啊？”

“就凭大人不能欺负小孩子呀！”米静笑着说，“而且我的朋友都这么叫我。”

“不好不好！”我依旧摇摇头，“这样就太随大流了，我喜欢叫你‘小米’。”

米静很无奈地看着我：“为什么呀！”

“哈哈！”我笑道，“因为……因为过几天你们就开始军训了，等你学习打靶的时候，不正是‘小米加步枪’吗？哈哈！”

米静白了我一眼，很无奈地骂了一句“白痴”后，便没再反驳。

而“小米”这个词便成了我后来对她的统称，小米粥、小米面、小米馒头、小米灌汤包。

当然，米静也不例外，她对我的称呼也逃不开“大人”，老大人、小大人、司机大人、房东大人、钱大人……

2015年8月22号下午六点，我照例在万达三楼烤肉店请米静吃饭。

我家离万达只有2.2千米，吃完饭后，我和米静散步回家，她早已把我家当成她的第二宿舍了。

路上，米静忽然问我：“你知道我为什么要今天回来吗？”

“在家待得无聊了呗！”我笑着说。

米静重重地掐了我一下，有点气愤地说：“不是！”

“那是为什么啊？”我问。

米静笑着说：“你个笨蛋，我们认识一周年了！”

这时我才想起来，大概是去年的今天，米静让我加她为好友。

“哎哟，你怎么不早说呀。你知道的，我这贵人多忘事，如此隆重的日子应该值得热烈庆祝一下，还吃得下吗？走，咱们去大排档喝两杯。”

“你想干吗？”米静瞪了我一眼，仿佛我是在耍什么心眼，然后她又重重地掐了我一下，“你能不能别这么没心没肺的，明知道我再吃就要吃破肚子了。”

“哎，可惜了，那我们买点蚕豆、花生米，回家小酌几杯吧！”我打趣说。

“唉！”米静很无奈地叹了口气，“你这个没情调的胖子大人，为什么一定要喝酒呢？”

“哈哈！”我笑着说，“不喝酒哪有机会呀！”

米静疑惑地问：“要什么机会？”

“欺负你的机会，哈哈！”我不假思索地说。

这类的调侃，在此后的一年里，发生过无数次，但也仅限于调侃。

小凉常常问我：“你不是跟米静在一起了吗？难道你们之间什么也没发生？”

我笑着摇摇头。这时小凉便会嘲笑我。

我会白她一眼，笑着说：“死丫头，没个正经。”

小凉是米静的舍友，我很少见她，只是在网上跟她聊几句，或者从米静的口中听说她。小凉像是我与米静之间一条无形的纽带，她会提醒我别开车去学校接米静，来学校的时候穿得休闲一点……诸如此类。

所以，我从不会下班后直接去学校接米静，而是先折回家换套休闲服，然后打一辆车去学校，在学校水果店买各种米静爱吃的以及她的舍友爱吃的水果，送到楼下。

我从不去米静的宿舍，也从不进她们的宿舍楼。

米静总是问我："你都到学校门口了，甚至都在宿舍楼下了，为什么不上来呀？"

我只能回答："你们宿舍太高了，都在五楼，我这老人家爬不上去。"

几次之后，米静便不再提起这个话题。

我认为，女生宿舍是这群怀揣梦想的女孩们最干净、纯洁和私密的空间，我不应该擅自闯入，或者说，我怕自己会无意中把在世俗社会沾染的恶习带进去。我愿意守护她们，守护米静的梦，一个只有脱离大学才会刻骨体会的温馨的、美好的梦。

我希望，我在的时候，米静是幸福的；我不在的时候，有人能为她延续幸福。

有些梦想，有些故事，只有到了明天，才能走向远方。而我和米静之间的明天，不知何时才能到来。

日子一天天流逝，我就这样守护着米静，像是一种习惯。

米静有一天忽然问我："为什么我觉得自己对你越来越好，你却离我越来越远？"

我笑着拍拍她的肩膀："以前我去学校接你，现在你坐公交车来找我。以前我们的距离是你从宿舍到楼下或者校门口，现在我们的距离是5个公交站点，所以就远了。"

米静沉思了好几分钟，疑惑地摇摇头："不对！不是这样。"

"以前你总是走在我的前面，回头便能看到我，哪怕不回头，也能感觉到我的脚步。现在你似乎习惯了走在我的后面，我偶尔回头，你就扮鬼脸，一旦我不回头，你就不知道我能否感觉到你的心跳，是这样吗？"

米静仍旧摇摇头："好像是这个意思，但不够深刻。"

"唉！"我无奈地看着米静，有时候她很调皮，有时候她也很执着，哪怕她知道我表达的是什么意思，但只要脱离了她预设的角度或者方向，她就会穷根究底。

"以前，我是你的守护神；现在，我是你的避风港。"

米静这才高兴地点点头："嗯嗯，就是这个答案，哈哈，大人真可爱。"

米静很喜欢在这些问题上跟我周旋，用她的话说，这是一举两得，既能满足她对幸福的渴望，又能提高我对她的关注。但是，米静也很清楚，她的世界里，感性大于一切；我的世界里，理性才是中心点。

所以，米静有时候说我是一个疯子，只要我开会、写材料、应酬，就总会忽略她，几乎不理她。有时候她会抱怨：“你总有那么多原则，而且这些原则为什么就只针对我？”

“因为哪怕你偶尔违反原则，我仍会把你存储；换一个人，我只会把她删除。”我笑着说。

米静听完后，便心满意足地笑了，她知道我不会骗她，更舍不得欺负她。

2016年8月22号下午五点，米静给我打了十一通电话。

我从羽毛球场上走下来，从包里拿出毛巾，擦去额头和脸上的汗水，然后拨通米静的电话：“你怎么一直给我打电话啊！”

“你干什么呢，干吗一直不接我电话？”米静很生气，生气我不接她的电话，更生气我一接电话，语气竟然比她还凶。

“中午不是跟你说了，我下午有比赛，别给我打电话，我比赛完了再打给你。”下午是一场友谊赛，我的搭档是我的一个重要客户，他的爱好不多，打羽毛球是其中之一，虽然他水平不怎么样，但异常好胜。如果这场比赛赢了，项目就有了推进的门槛；如果输了，项目就黄了一半。

“是你的比赛重要，还是我重要？”米静大声叫道。

这时，搭档仿佛已经有点胸闷，对我把他一个人撂在场上很有微词，我赶紧对米静说：“一会儿跟你说！”说完，我把电话挂了。

再一次下场时，我看到手机上又有米静打给我的近二十通电话，还有三条短信：

“大人，我错了，你不要生气，好好比赛，加油哦！”

“可是我觉得很落寞，很想见你。”

“大人，你不要不理我，我错了，消消气……气消了辛苦你给小女子一个电话呀！”

安排完所有事情后，已经是晚上七点半，我才突然想起米静。

“大人，你打完球啦，很辛苦吧。不许生气了哦，我都道歉了哈。你什么时候回家呀，我在家门口呢，可是我好笨哦，都忘了带钥匙。我买了好多好吃的，你快回来哦，我给你做好吃的……”电话一接通，还不等我说话，米静就已经说了一大段。

回到家后，米静非常高兴地对我说：“我去炒几个菜，庆祝我们认识两周年。”她说完起身走进厨房。

四十分钟后，苦瓜羹、西红柿炒鸡蛋、拍黄瓜、木耳炒肉丝做好了，一共三菜一汤。

我笑着问米静：“小米粥，你怎么炒了这么多菜呀？”

米静摇摇头，嘟着嘴：“怎么啦，你不喜欢吗？人家辛辛苦苦做的，你还嫌弃。”

我摇摇头，笑着说：“没有嫌弃啊，我其实一直想说，我特别喜欢吃你做的菜。”

“大人你真是个吃货。”米静一脸嫌弃地白了我一眼，然后从厨房拿了两个酒杯，“哈哈，开动吧！”

米静不胜酒力，在喝了两杯干红、两杯干白、两瓶啤酒后，脸红得像是要燃烧起来，她一会趴桌上，一会儿用左手撑起下巴，仰起头乐呵呵地看着我：“大人，我们继续干杯！”说完，她端起酒杯，一口气喝完了。

米静很少在我面前喝酒，我也不会让她喝太多的酒，但今天是我们认识两周年纪念日，我便没有约束她。

家里的酒都喝完后，米静已经是半醉状态，我把她搀到床上，盖好被子，在床头放了一杯凉白开，把空调调到睡眠模式，再从柜子里拿出毛毯，带到客厅的沙发上。

随后，我把桌上的剩菜、剩饭收拾好，锅碗瓢盆收拾好，便去洗澡。

洗完澡后我走到沙发旁准备睡觉，却发现米静把我的毛毯偷进了卧室。我走进卧室，米静突然睁开眼：“这毛毯是我的，不许动！”

我吓了一大跳，我以为刚才米静只是发酒疯，没想到她看起来很清醒。我哄她说：“好啦，是你的，快睡吧！”

她突然伸手抓住我，委屈地说：“两周年纪念日，我不想一个人睡。”

有时候，我也会怀疑，我靠近米静是为了什么?

米静拉过我的手，按在她的胸口上，她既胆怯，又肯定地看着我。

我看着米静孩子气的脸，笑了笑说：“怎么，今晚想发疯吗？”

米静点点头，又突然淘气地伸手：“大人陪我疯吗？”

说完，我和米静很严肃地对视五秒之后，笑了起来。

很多正经的或者严肃的话题，总是能在这些调侃中化成幻影。米静说，她就像一只被我带进黑洞的小虫子，一开始她不想出去，但等我把她养肥了，她想出去的时候，才发现洞口太小。

我不同意米静的见解，在她面前，我应该是善良与关爱的化身。

于是，米静又解释说：“换一种表达便是，你故意纵容了我所有的脾气，以至于我不敢逃开你的纵容，我怕逃开后，会在这个计较的世界里，找不到可以栖息的角落。”

米静决定再也不跟我联系的时候，是在我们认识两年零三个月后。她说她害怕在周末和节假日只能抱着手机等待我或有或无的关心……她甚至害怕我从没有爱过她，不然为什么我从不接受她。

我平静地说："每份爱都有一个代价，也有它的方式，认定了，选择了，就要承担它的结果，无论是喜是悲！"

米静冷笑着说："你这是在恐吓我！我不怕，我还年轻，我有的是时间耗。"

从这之后，米静不再联系我。我依旧过我的生活，工作还是工作，这些并没有因为米静的离开而有所停滞。也许，这就是岁月的代价，让我们不会被所有与主线无关的故事左右行程和速率。

后来，通过微信朋友圈以及小凉的告密，我了解到米静其实过得挺好。她的身边出现一个男生是再正常不过的事，在懵懂的年纪里，她更想要一份充满激情、仿佛被捧在手心里的爱情。

小凉偷偷地问我："大哥，米静把你甩了，你不会不开心吗？"

我说："米静开心吗？"

小凉说："她都把你甩了，你怎么还管她开心不开心呀！"

我说："如果小米现在过得很开心，那我有什么不开心的？或者说，如果小米现在过得不开心，那她是不是在承担她所犯下的错误的教训，那我为什么要不开心？"

小凉发了一个惊恐的表情："大叔，你太强大了，太'腹黑'了。"

一个月后，米静半夜一点发微信问我：“你睡了吗？”

我是被米静吵醒的，懒得打字回复，直接和她拨通了语音。

米静没说话，只是一直哭，足足哭了五六分钟，才稳定住情绪，小心地问：“我还能叫你大人吗？我现在在你家楼下的凉亭里。”

我赶紧起床下楼，把米静接回家，这里本来就是她的第二宿舍。她想来，我随时欢迎。

米静在我家浑浑噩噩地住了两天，我因为工作的事临时出差，就把门钥匙留给了她。

五天后，我回到家，米静还在，但已经憔悴得不成人样。我只好请了几天假专门照顾她，才终于让她恢复了元气。

我忍不住教育她：“一个不懂得照顾自己的女孩，是不值得别人关心的。”

米静没有反驳，而是委屈地点头，眼泪扑簌地往下流。

我终于还是心软了，问她：“是不是失恋了？”

米静再次点头，哽咽着说：“大人，我错了，我不该离开你。”

米静几次想把失恋的经过详细地向我汇报，但我不愿意听她重提往事，而且我也没必要知道，她恢复过来，对我来说才是最重要的。

后来，小凉告诉我，跟米静谈恋爱的那个男生实在不是个好东西，虽然他跟米静分手了，但经常厚颜无耻地骚扰米静。当初跟米静在一起不到半个月，他就再三提出跟米静发生关系，米静拒绝了他很多次之后，他竟然想把米静灌醉后做坏事。幸好，他没有得逞。不过，气急败坏之下，他有事没事就侮辱米静。

米静一直没有告诉我，那男生还在骚扰她，直到我说破，并征得她同意后，我让小凉帮忙把那个男生约了出来。

我很文明地跟他说："过去的事情我就不追究了，事情发展到现在，总得有个解决方式。我考虑了一下，有两种方式，第一，你以后还是不要去烦米静了；第二，如果你还有以后，就别怪我出手教训你。"

我帮米静彻底解围后，她为了答谢我，特意来我家给我做了几道美味的菜。我当然美美地享用了她的厨艺。

吃过饭，米静收拾完毕，她像小猫一样靠在我肩上，几次悄悄抬头看我，一副欲言又止的样子。

我笑着说："有什么想说的就说吧，你跟我有什么见外的。"

米静咬着嘴唇，很认真地说："大人，我一直很好奇，你纵容我所有的坏毛病，除了为了我的心，难道就不想真正接受我吗？"

"靠近米静是为了什么？"我问自己，"是为了什么？"

"你干吗不说话？"米静摇摇我的肩膀。

我坐起身，安静地看着米静：“小米，我不想和你谈恋爱。”

“为什么？是我哪里不好吗？你是在嫌弃我吗？”米静的脸色一下变得暗淡，泪水开始在眼眶打转。

我回想起两年多来和米静之间发生的一切，这段时间不够长，但也不算短。即便每段爱情都有一个考验期，两年多的时间也应该足够了。可是，我觉得自己爱她的时间还不够长，因为米静太年轻，年轻到无法再承受一次情感打击，那对她而言将是致命的。

“你说呀，为什么突然跟我说这种话，难道你真的嫌弃我了？但我跟那个坏男生真的没发生过什么啊。”米静见我又不说话，终于难过得哭起来。

我问：“小米，你是想跟我谈一场看似美好的恋爱，还是想一辈子跟我在一起？”

米静愣住了，她想了一阵，说：“对不起，大人，我只觉得当下的时光很快乐，从没考虑过那么远的事。”

“小米，你还年轻，你现在的想法并没错，但是，我不想只跟你谈场恋爱，我希望我们能有更好的未来。等你大学毕业，我娶你，好吗？”我抹掉米静眼角的泪，“你不用急着回答我，毕竟你还年轻，等你再长大一点，自然会给你自己、给我一个答案。”

米静抱住我，说：“大人，我原本觉得自己很爱你，但听到你这个问题，我又觉得自己不够爱你。请再给我一点时间，我想，我一定会变得足够足够爱你。到那时，我就嫁给你。”

我摸摸米静的头，笑着说：“小米，我很看好你哟。我相信，我绝对不会失望的。”

米静也笑了起来：“我已经让大人失望过一次了，我保证，下不为例。”

不是不够爱，而是不爱了

安灵给我打了七个电话，我没接。

之后，她又给我发了一条短信：骗子，你为什么不关机?

吵架、冷战的时候，最好的办法是不碰手机，不要打电话。

安灵说我比她强多了，但凡吵架了，我坚决不会先打电话，而是等她气消得差不多了，给她发一张美食团购券，不等她回复，就到她的小区门口或者公司楼下等她。

在吃这个问题上，安灵一点骨气也没有。吃饱喝足后，她能把不开心的事情全部忘掉。

第一次见安灵，她叫我学长，问我能不能不举报她用高功率电器。

我说不行。

当天晚上，安灵不知道从哪里问到了我的号码，让我赔她一个电热水壶。

我去超市买了一个热水瓶，在水房装满热水送到她的宿舍楼下。

安灵又气又恼，笑着骂我："有本事你天天给我打热水。"

我给安灵打了一个星期的热水后，安灵问我是不是想追她。

全校停水的那天，安灵突然给我打电话，说她饿了，但是没有热水了，泡不了面，问我怎么办。

我请她去学校门口吃麻辣烫。

吃饱喝足后，安灵笑眯眯地说，她其实很讨厌吃麻辣烫。

我送她回宿舍的路上，她一句话也没说，直到快到宿舍楼的时候，她突然说："要不我们去看电影吧！"

"我请你！"安灵又加了一句。

安灵觉得我的原则很多，而且只对她有约束。

我没和她去看电影。理由是，吃饭就是吃饭，看什么电影。

安灵说我的脾气很差，跟厕所里的石头一样：又臭又硬。

她说，凭什么我决定的、她答应的事，就不能反悔？

因为爱情，所以最开始的时候，我说什么，她都答应，可是，被激情冲昏头脑时做的决定，凭什么算数？

哦，你写文章的时候，要全身心投入，所以你可以电话不接、短信不回，而且我还不能打扰你……凭什么？

哦，你和朋友喝酒的时候，要有自己的空间，所以你可以电话不接、短信不看，而且我还不能生气……凭什么？

哦，晚上过了十二点不聊天，必须要去睡觉，所以你手机关机，而且我还不能到处找你……凭什么？

凭什么？

每一段爱情都有自己的方式。没有原则，就会丢了底线。

毕业后，安灵考研失败，考公务员也失败。我安慰她，人生有很多风浪，这并不算什么，况且，她是一个有理想的人。有理想的人，不应该只追求稳定的生活。

之后，安灵去招聘会、去面试，连续找了一个月，也没找到合适的工作。我安慰她，不必心比天高，不怕命比纸薄，不经人情冷暖，不经社会检验，怎能知道自己几斤几两？

后来，安灵在一个员工不足十人的小公司做客服，拿着一个月不到两千的工资。有时候，她会笑着跟我说，她怕是养不起自己了，以后只能靠我养了。

我笑着说，我从不奢望自己的爱人比我优秀，但她至少得自给自足。

安灵骂我，我除了能给她爱，还能给她什么？

我觉得，我有对爱的明确定义，有支撑爱持续下去的原则。

安灵质问我，凭什么我的所有原则，只对她有约束？

安灵嫌我不搭理她，删了我电脑里的文档。我们吵了一架。

安灵不想挤公交上班了，偷偷定了一辆专车。我们吵了一架。

安灵怀疑我和我的女助理有暧昧，反复质问我。我们吵了一架。

安灵觉得她有我不多，少我没差。我们分手了。

分手后，安灵变了很多。

她经常去夜店，玩到凌晨两三点给我打电话，让我接她回家，天亮后就完全忘了是我接的她。

她经常在微信朋友圈晒帅哥，叫我去点赞，等我点了赞、写了评论，她又删了。

她经常会发一些看似有哲理其实很没营养的句子，每次都要提到我。

她每次不开心的时候，会哭着打电话给我，哭够了，又会突然怪我为什么不安慰她。

安灵觉得，我们分手只是一时冲动，过几天就会和好的。

安灵更相信，时间会给我一个答案，证明在我的心里，那些所谓的原则，根本无足轻重。所以，我多看别的女人几眼，她会吃醋；我少回几条短信，她会抓狂；我少说几句情话，她会难过；我少陪她几分钟，她会觉得无助。

安灵觉得，只有她在我面前的时候，我才敢又臭又硬。

有一天，半夜三点，安灵给我打了七个电话，我都没接。

之后，她又给我发了一条短信：骗子，你为什么不关机？

不是分手了吗？为什么还要以关心的名义束缚着她？

我不否认，我真切地爱过安灵。

只是，对于分手这件事，对于习惯了分手这件事，时间好像真的给了一个答案：不是不够爱，而是不爱了。

我们再也回不去了，对不对

2017年4月1日愚人节。

林小小早上七点半，给我发了一条微信语音：我们再也回不去了，对不对?

我很佩服林小小。

庄先生“劈腿”后的第一个周末，林小小约他一起去唱歌，唱到凌晨一点，喝了点酒的林小小非缠着庄先生跟她合唱《分手快乐》。

唱完后，林小小把音乐暂停，用麦克风大声地说：“庄志，我们分手了！”

第二天，林小小就把和庄先生有关的抱抱熊、相框、情侣装等全部扔进了垃圾桶，然后让我陪她看电影，从下午三点一直看到晚上十一点。

失恋后一滴眼泪都没有流的林小小，让我特别佩服。

林小小说，我只是看到了她的坚强，却没发现那都是她的伪装。

半年前，林小小刚加入我的慢跑俱乐部时，是一个冷美人。

她从来不在俱乐部的微信群里说话，除了跑步之外的活动都不参加。

第一次参加夜跑前，她说得最多的是“哦”“呵呵”“还好吧”“是吧”，拒人于千里之外。

林小小的身材比例很好，皮肤也很干净，我有时会问她：“别人跑步要么是为了出汗排毒，要么是为了减肥，你是为了什么？”

林小小说，她喜欢跑步的时候，可以什么都不想，也可以什么都想。

听完后，我在心里默默地笑了，哦，一个文艺女青年。

参加了一个多月的跑步活动后，林小小主动问我，俱乐部成员聚会一般是玩些什么。

我说，一般是跑完步以后，找个火锅店或者大排档吃一顿，再找个KTV或者酒吧喝一顿、吼一顿。

林小小笑起来的时候，样子好看极了，特别是在微微出汗过后，脸色带点绯红。在火锅的雾气里，她很是迷人。

她特别爱吃虾，无论是大壳河虾、明虾，还是小龙虾、皮皮虾，她总能吃得干干净净。坐在她旁边的我，整个饭局除了吹牛和喝酒，其他时间基本上都在给她夹虾、涮虾、捞虾。

火锅结束后，我问大家要不要去唱歌。

大家都说随便，可以。

林小小说，要不就去唱歌吧。

从火锅到KTV的路程，只有七百米。林小小让我走慢一点，她吃得太撑了。

看着林小小一边深呼吸，一边摸着肚子，我觉得她美得无法言喻。

照规矩，每人点一首成名曲，按顺序一人一首唱下来。到了林小小那里，她死活不愿意唱，拉着我玩骰子、喝酒。

直到很久以后，我才知道林小小不会唱歌，不爱唱歌。每次唱歌她都要开原唱，跟着原唱断断续续地唱。

我问林小小，她不会唱歌，为什么那么喜欢去KTV？

小小后来跟我说，人生哪有那么多为什么？不会游泳，不代表不喜欢大海；不会吃辣，不代表不喜欢麻辣鸡块；不会开车，不代表不喜欢玛莎拉蒂；不会谈恋爱，不代表不喜欢帅哥……

有时候，林小小会在微信上和我聊一整天。

起初，我们聊得最多的是运动、兴趣爱好，后来，聊得最多的是庄先生。林小小说，爱情到了最后，可能就是一种习惯。

林小小第一份工作是行政文员，颇有姿色的她，忍受不了老板色眯眯的眼神和轻佻的语言，甩了老板一巴掌，然后愤然辞职了。辞职后的林小小，患上了工作恐惧症，到任何一家公司面试，都感觉背后有一双眼睛在盯着她看，有一双黑爪正准备对她下手。

庄先生是她的邻居，在一次阴差阳错中，两个人在同一天到同一家公司面试，也在同一家公司参加复试，最后双双被刷。然后，两个人一起吃了一顿晚饭，看了一场电影，互加了联系方式。

别不相信，很多时候，爱情就是这么毫无道理地开始的。

单身的时候，我们常常为了寻找另一半花费无数心思。无论是用QQ查找陌生好友，用微信搜索附近的人，还是到KTV的隔壁包厢以玩游戏的名义留几个陌生人的电话，我们想尽办法、绞尽脑汁，哪怕心力交瘁，也难以找到一个喜欢的人。

但上天的安排总是那么奇妙，比如你下班后等了40分钟，公交车才缓缓驶来，你正在暗骂司机是属蜗牛的，这时忽然发现和你一同上车的人让你莫名心动，你是不是觉得一切又变得美好了？

林小小觉得，庄先生就是这样的人。他没车、没房、没存款，甚至没有一份好工作，只是因为出现的时间恰到好处。好到林小小加完班，不用担心有人跟踪或者尾随，因为有庄先生的陪伴；好到周末的时候，林小小觉得饿了，不想出门又不想吃外卖，庄先生会下楼打包一份她爱吃的过桥米线，或者去市场买菜，然后下厨。

但是，这个世界上有很多爱情其实就像温水煮青蛙。

身在其中的我们，不愿意过早地跳出这锅水，总在以爱的名义将就、忍受。可我们明白，随着这锅水逐渐沸腾，终会把爱情里的我们逼上绝境。

林小小跳得比较早，在清水微温、散发着热气的时候，就跳出去了。

唱完《分手快乐》后，林小小跟庄先生玩了一阵摇骰子游戏，直到肚子里翻滚得难受，跑进卫生间吐得眼泪直流，她才回到包房，把音乐暂停，对着庄先生大声说分手。

林小小说，其实她很难受，只是骄傲不让她哭。

我和林小小，并没有发生任何爱情故事。

她第一次参加夜跑时，我只是觉得，她像极了一个女孩。

她像极了那个在我的生命中昙花一现的女孩。

我们也一起逛街逛到腿软，看电影看到打鼾，唱歌唱到嘶哑，喝酒喝到忘记回家的路。我们会在周末去动物园，看谁的动作和表情更像猴子；我们会去菜市场，买我们都爱吃的各类虾；我们会去游乐场，在过山车上明明都吓得六神无主，还互相嘲笑谁更胆小。

她在的时候，不洗菜、不做饭、不刷锅、不洗碗，张嘴就知道吃，还嫌弃地说我做的菜油放多了，太腻，鸡精放多了，太甜，我恨她怎么可以这么懒，这么挑剔。

她走了以后，我买了半斤对虾，却再也没有人特意找一只最小的虾，剥好皮、蘸好醋，塞到我的嘴边说："来来，张嘴，这只最小的给你。"看到我不屑的表情后，她还得逞地笑着说："怎么样，我对你好吧！"

2017年4月1日愚人节，林小小说她终于想通了，把房子退了，要回家找份工作，然后结婚，再也不回来了！

林小小以前经常跟我说，生活就是一个接一个的玩笑，我们不必一直太认真。如果真的放不下，那么就请只对爱情执着，而不是对某一个人执着。

林小小是一个文艺女青年，我一直觉得她说的话很有道理，但是总也弄不明白是什么意思。

直到我把她的化妆品、旧衣服，她喜欢的米老鼠床单、被罩都扔了之后，看着陌生的房间，我终于明白了林小小说的话：“我依旧坚信我的爱情，也坚信这个爱情的主角，但主角不一定是一个人。”

故事，终归是故事。

我们可以把里面的角色，包括自己，都描绘得很知性、很超脱、很骄傲，骄傲得哪怕明明哭了，也不让任何人知道。

也许，在我和林小小的故事里，其实只说了“我们再也回不去了”，而剩下的“对不对”三个字，只有老天知道。

那么，在你的故事里呢？

没结果的爱，只好拉进黑名单

红枣给我发了一张婚礼邀请函，问我参不参加。

我给她微信转了888元礼金，没有写转账说明。

我和红枣认识快四年了。在一次朋友聚会上，她一直跟我摇骰子，她赢了，我喝一杯，她输了，我喝半杯，她喝半杯。

聚会散场后，我以为自己能找到回家的路，但整整走了两个小时，才发现方向走反了，以至于凌晨四点才到家。

后来，我和红枣说起这件事，她笑得前仰后合，笑我是猪。

红枣说，我以后喝醉了就给她打电话，她来接我。

奇怪的是，从这之后我每次喝醉都能顺利地找到回家的路。

我和红枣经常在微信群里秀恩爱，甚至在各自的微信朋友圈里秀恩爱。比如红枣在微信朋友圈状态里说：“一个人的夜，有时候觉得很寂寞。”我便回复：“寂寞是因为你不来找我。”

所有认识我俩的人都觉得，我俩早就已经在一起了，但只有我俩心知肚明，她嫌弃我买不起车、买不起房，我嫌弃她爱泡夜店、爱化浓妆。

尽管有时候我俩会在各自的朋友面前牵手或拥抱，但这并不妨碍我俩互相嫌弃。

红枣跟她男朋友分手的时候，据说一滴眼泪也没流。

我问她，女人是不是都这么绝情，说走就走，绝不回头。

红枣说，既然不爱了，还有什么好哭的。

她又补充说：“我都一大把年纪了，哪儿有闲情跟他畅想未来？承诺了那么多，他倒是给我呀！我早就不是那种挨了一巴掌，等哭完再给一块糖就能开心的角色了。”

分手后的红枣经常找我一起吃饭、看电影、唱歌、喝酒。我曾经很认真地问过她，是不是要把我列为考察对象。

她骂我，一个大男人为什么不主动一点？

我冷笑，顺势牵起了她的手。

她愣了几秒钟，白了我一眼，甩开我的手，冷哼了一声：“滚。”

有一天，红枣问我在不在家，她说想找我喝酒，但找不到我的家。

那天，我带着红枣先去超市买了一瓶高档红酒和一箱啤酒，然后回来坐在我家的小阳台上，看着楼下车来车往，喝了一下午。

红枣说，她有点累了，不想上班了！

我笑着说："那就别上班了，我养你吧。"

红枣笑得很开心，一口气跟我连着干了三大杯，然后眼泪就出来了。

哭够了，她开始讲和前任之间的故事：前任是怎么追她的，给过她哪些惊喜和感动，承诺过多么美好的未来，以及后来又是怎么变心的……

我问红枣："你真的放下了吗？"

红枣说她有点晕，想睡觉了。

这之后，红枣每次来找我都会带一瓶红酒。

我骂她，我家谢绝自带酒水。

红枣笑着问我，是不是怕她在酒里下药？

我说，想灌醉我直接说，下什么药。

那天晚上，红枣很清醒，一会儿嫌弃我被子太薄，一会嫌弃我枕头太高。

她很兴奋地跟我强调，晚上她睡床，我睡沙发，不能对她有非分之想。

后来，红枣再也没来过我家。

我每次想喝酒的时候，都想叫她。她嘴上答应说周末约起，但从来都没有赴约。

再后来，红枣搬到了离我家很远的地方，只有偶尔朋友聚会的时候，她才会赶过来。

每次她都会来得很早，并在自己旁边给我预留一个座位。

除了像以前一样摇骰子外，红枣跟我有了更多的互动，比如让我买花送给她，让我唱歌给她听，让我跟她合影。此外，她还问我她的眼影漂不漂亮，指甲漂不漂亮，以及她是不是比以前更美了。

聚会结束后，我担心她路远不安全，想送她回家。她一口拒绝了，还开玩笑说，我才是让她不安全的潜在威胁。

我和红枣就这样若断若续地来往着，直到她有了新的男朋友。

我曾经很认真地想过，自己到底爱没爱过红枣？

为什么明明有更多的机会靠近她，我却故作矜持？

为什么喝醉的时候想跟她表白，我却说不出口？

为什么大家都说她是我的恋人，我却不敢承认？

比起红枣敞开她的世界，默许朋友传播我俩的谣言，我一点也不称职。

她把最后说“爱”的权利留给了我，我却还给了她。

收完礼金后，红枣跟我说“谢谢”。

我说：“祝你幸福，百年好合，白头偕老。”

她问：“你爱过我吗？”

我没再犹豫，说：“爱过！”

微信聊天框里突然跳出了一个带红圈的感叹号，系统提示说，对方已经开启好友验证。

我苦笑一声：红枣，你也爱过我吧。

有亏欠，我们都别追究好不好

§§§

◎¤¤

演被动角色的，往往显得不那么可怜

年轻的你，有没有过这样的经历：明明很喜欢一个人，却不敢主动追求，因为你害怕被拒绝，更害怕受伤，只好小心翼翼地被动靠近。仿佛在一段感情里，被动接受比主动出击更占尽先机。

分手后的第二天，成西西约我去喝咖啡，她说有一个很棒的故事题材，想跟我探讨一下。

成西西点了两杯咖啡，一杯苦的，给自己喝；另一杯加糖，给我喝。她戴着一副墨镜，说了大概10分钟她所谓的故事，问我怎么样。

我问她："为什么阴天还要戴墨镜？"

成西西说："我昨天熬夜整理这个点子，黑眼圈像熊猫一样，怕吓坏你。"

我说："是回忆你自己的故事，回忆了一个晚上吧？"

成西西笑着说，她知道我的意思，虽然她跟白先生分手了，但她一点也不难过，毕竟当初是白先生追的她，毕竟她已经放下了，白先生才说分手的。

白先生追成西西的时候，成西西和她前男友正在闹分手。爱累了、吵累了的成西西在白先生每天一枝玫瑰花，每天十条段子，每周一个别出心裁的礼物中沦陷了。

白先生很疼成西西，怕她挤公交车太累，就每天跨过半座城，接送成西西上下班；逛街的时候，成西西看到了喜欢的新款衣服，白先生二话不说就给她买；成西西在微信朋友圈分享商业街新开的餐厅和想吃的美食，白先生肯定会在三天之内，带成西西去品尝。

他们在一起之后，无论成西西提什么要求，只要能做到的，白先生都尽力满足。

成西西讨厌烟味，吸了五六年烟的白先生，不到一个月就把烟戒了。爱泡夜店、爱喝酒的白先生，开始每天晚上11点前睡觉，喝酒至多一杯。

成西西说，她不漂亮也不优秀，却能遇到一个能满足她所有的小期待，愿意为她变得更好的男人，她觉得自己很幸运。

一年前，白先生被公司派到非洲做工程。过去的成西西，都是白先生围着她转，现在身边突然少了一个人，她有一些无所适从。她开始每天都期待着白先生的信息，期待着和他聊天、视频。

由于工程进度问题，白先生原本只是出差三个月，结果出差时间一周一周被延长。成西西的思念越来越浓厚，对白先生的抱怨也越来越多，两人经常说不上几句话，就开始在视频里吵架。

当白先生说，他至少还要再三个月才能回国时，成西西终于受不了了，要求他一个星期内必须回来，不然就分手。

成西西问我，她是不是很可怜，居然傻傻地和一个看不到结果的人谈恋爱。

我觉得，每一份爱情，都是要经受考验的，无论是经受双方父母的考验，还是经受婚内吵架的考验，不到最后，谁都不能知晓结果。只是谁也不清楚，所谓的最后，到底是多久以后。

成西西说，幸好当初是白先生追的她，后来也是白先生付出的爱比她多，连分手也是白先生做的决定，所以，哪怕她会后悔，也不是她的错。

在爱情中，有很多女生，因为怕后悔，因为还奢望有转机，在遭遇情感困境的时候，习惯性地选择了逃避。

比如遇见一个有好感的男生，面对他的求爱，她不点头、不拒绝，明明在心里上演了无数个激情似火的情节，明明很想牵他的手，脸上却表现得云淡风轻、波澜不惊。

比如爱人有了变心的迹象，她不吵也不闹，只是过好自己的生活，觉得如果他爱自己便不会离开，如果他不爱自己，留下又有什么意义。

比如爱情走到了尽头，她不提分手是因为害怕以后会后悔，即便分手，嘴上念叨的是："早就没有感情了，所以分手也不会痛。"

人始终是一种情感动物，当你的一腔热血遇上了冰川，当你的仁至义尽遭遇了背叛，害怕受伤、害怕被看穿的你，是不是也在心底暗暗地提醒自己和旁人：幸好才认识几天，幸好只有一点点喜欢他，幸好爱他不深，幸好没想过结婚，幸好是他放开了你……所以你才有机会选择更好的人生。

一个人主动久了，会累：打了那么多电话、发了那么多信息，他为什么不回？说了那么多情话，他为什么不懂？

一个人被动久了，更累：他怎么不给我打电话，不给我发微信？他怎么不陪我聊天，不对我微笑？他是不是不爱我了？

爱情里，总要有一个人主动。有时候，你的主动他都知道，所以你找不到后退的借口；有时候，你的被动无人知晓，所以你可以笑着说从未开始。也许吧，在爱情的世界里，演主动角色的总是容易受伤，而演被动角色的，往往显得不那么可怜。

你记得也好，最好你忘掉

短信刚提醒银行卡进账3000元，周昭就给我发了一条微信："借你的钱还你了，从此我们两清了。"

我在对话框里输入了五种回答：

"哦！"

"嘻嘻，谢谢哈！"

"利息不用还吗？"

"哈哈，你不提醒，我都快忘了。"

"好久不见了，你还好吗？"

一一删掉后，我最终在对话框输入："周昭，你以为还了我钱，我们就两清了吗？"我点击发送，微信提示，我们已经不是好友。

周昭，你竟敢拉黑我！

周昭找我借钱的时候，我和一个哥们儿正在街边吃烤串。她给我发微信说，她想换台笔记本，现在用着的那台配置太差，制作PPT都会死机，问我能不能借钱给她。

周昭又补充说，她已经从几个同事那里凑了一些钱，只跟我借1000块钱。

我骂周昭："1000块钱你也找我借？给你转3000块钱，别废话了。"

周昭在收了微信转账后，发了一个抱拳感激的表情，说："大恩不言谢！"

我回复："不用客气，以身相许就行了。"

我和周昭的表姐是大学同学。

2016年秋季的一天，我开玩笑地问周昭的表姐，有没有合适的姑娘给我介绍一个。

她二话不说，就把周昭"出卖"了。她说，周昭是她表妹，今年刚毕业，是个艺术家。

我毫无底气地问她："这，合适吗？"

她又加了一句，周昭是大美女哟！

周昭的确长得很漂亮，而且是那种从来不在微信朋友圈发自拍的人。

她第一次给我发视频邀请的时候，我没敢马上接，愣是换了一件衬衣，把头发理顺了之后，才给她拨回去，并且重点强调刚刚在赶写工作文案，没看手机。

周昭的眼睛很大，大到一认真盯着你看，似乎就能把你的灵魂看透。

我经常问周昭："你这么漂亮，为什么没有男朋友？"

周昭每次都说："因为我太漂亮了呀！"

有一天深夜，周昭突然给我打电话。

前面的三分钟，她一句话也没说，就是一直哭，哭完了才问我："你真的爱过薛冰吗？"

"什么薛冰？"我反问她。

她强调说："就是那个去北京找你的薛冰！"

我想了很久，才明白她说的是谁，笑着说："那是我很早之前写的一篇故事，纯粹瞎编的。"

周昭抽泣了很久，又开始断断续续地说："也许，我只有真正停下来，去感受、去经历你的生活节奏，才能在每一个你喜欢的地方，留下你的剪影。你知道吗，在你的故事里，我很想把自己的身影剥离开来，认真地丈量你走过的每一步，还有我自己的位置。"

我无奈地说："那篇故事真的是我瞎编的，你可以感动，但我求求你，别这样发神经好吗？”

周昭完全不听我的解释，接着说：“换一座城就真的能忘记一个人吗？你相信自己的伪装，可我从你的文字里看出了你的不安。”

我简直也要哭了：“周大美女，你真的如你表姐所说，是个艺术家呀！”

2017年春季的某个周五，周昭说，她周末要来福州，找她表姐。

我问她几点的动车，我去车站接她。

周昭说，不用了，她很忙，不一定有空见我。

晚上九点，周昭给我打电话，问我在哪里，她要来找我。

我临时有公事被派到厦门，她给我打电话的时候，我正在赶回福州的末班动车上。那天，刚好有大学同学从外地来福州办事，我一到福州就被拉去大排档喝到凌晨三四点。

周日我醒来的时候，已经是中午一点。

我给周昭打电话，约她喝杯咖啡。

周昭说她已经在回杭州的高铁上了。

这次错过让我觉得，我和周昭的缘分可能没有那么深。

我和周昭很认真地讨论过，我们在一起后，是她离开杭州，还是我离开福州。但我们在这个问题上一直僵持不下。

周昭说，她在杭州待了五六年，习惯了，不想换一座城市。

我说，我在福州待了十多年，处于奔三的年纪，不敢轻易放弃一座城市。

周昭质问我："你说你爱我，难道这点勇气都没有吗？"

我没回答。

勇气我有，可是我早就过了为爱仗剑天涯的年纪，如果不敢确定在一座新的城市能给她更好的生活，那我宁愿理性地坚守在原地。

周昭觉得，我所谓的爱，只不过是嘴上说说，我从来没有实际行动。

周昭觉得，爱一个人，就是要陪她聊天、吃饭、逛街、看电影，暮色四合时和她手挽着手在西湖漫步，春花浪漫时和她手拉着手在阳光下奔跑。爱一个人，是每天所有的笑容都留给你，是每套新衣服第一眼给你看，是枕着你的手，从日落到日出，从地老到天荒……

可当时的我觉得，爱一个人，除了给她鲜花，还要给她面包。爱应该是下雨时拉开的车门，而不是一起奔跑到公交车站台等人头攒动的公交车。爱应该是给她一个哪怕只有一室一厅的空间，而不是一起住在随时被赶走，不敢添砖加瓦的廉租房。

周昭说，她想要一个家，一个有诗和梦想的家。

可我连家都给不了她，又怎敢奢谈诗和梦想？

2017年国庆节第一天，周昭从杭州回到老家泉州。在列车经过福州的时候，她发了一条微信朋友圈状态：我路过了你的世界，却再也没胆量停下来。

我点了个赞，并留言：我还在这里。

几分钟后，周昭就把这条微信朋友圈状态删了。

国庆节第六天，周昭返回杭州，然后正式和我提出了分手。

分手的那天，周昭邀请我视频聊天。

她的妆已经哭花了，她说，她觉得分手这件事，还是要面对面说。

我安慰她别哭了，挺漂亮的一个小姑娘，哭起来的样子一点也不好看。

分手也不急于这一两天，我让周昭先好好考虑几天，等周末我去杭州找她。

在西湖，周昭拉着我的手。

在西溪湿地，周昭拉着我的手。

在灵隐寺，周昭也拉着我的手。

在回酒店的路上，周昭说："如果能一辈子拉着你的手该有多好！"

那天晚上，我坐在阳台的沙发上，抽了一夜烟。

周昭说她在床上翻来覆去，一夜没睡。

有一段时间，我常常会想，周昭最终会嫁给一个什么样的男人。

有时候，我会很庆幸，幸好我和周昭没在一起生活过，没为餐具的颜色、卫生纸的品牌争执过，没为做菜油太多了、盐太少了争吵过。

有时候，我也会很庆幸，幸好我和周昭有十天的牵手、几千分钟的通话记录、几千条语音记录和六百多段视频聊天记录。

我们给彼此留下的只有美好的回忆，这也算是喜剧收场吧。

后来，我常常在酒桌上听到各种动情或者悲恸的爱情故事，我想，到底是怎样的缘分，才会让两个人相遇、相爱，又是什么样的有缘无分，会让两个人形同陌路？

是爱得不够真？是爱得不够深？还是爱错了人？

也许，时间的笔总是擅长把相爱的人折磨成相爱过的人。

回忆终究会被时间打败，旧人也迟早要被新人取代。如果你也有一段故事，或者是你情窦初开时的珍藏，或者是你抛家舍业后的凄凉，或者是你缓缓前行后的诀别，或者是你永远说不清、道不明的心跳，一旦过去了，就让它过去吧。

对于往事，真的，你记得也好，最好你忘掉。

你也不必冷淡，我没想过纠缠

在长乐国际机场，阿萍给我发了一条语音，让我订个红馆的包厢，晚上和我好好喝一顿。

几分钟后，阿萍在微信朋友圈发了一段文字：如果你也曾爱过一个人，爱过一个不爱你的人，那么你也许会明白，不是所有的热情都能够暖场，也不是所有的努力都会有回报。很幸运，我曾遇见你。很幸运，我曾爱过你。也很幸运，我终于放下了你。

配图是一架即将起航的飞机。

在包厢里，阿萍用眼泪下酒，一杯接着一杯。

我问阿萍："后悔了吗？"

阿萍说："不后悔！我真的爱过他，也真的不爱了。"

就叫他晨哥吧。阿萍认识晨哥是在大学联谊会上。

大四那年，阿萍在老家县城的一家报社实习。有一天晚上七点，她突然接到晨哥的电话，晨哥说他失恋了。

阿萍陪着晨哥在电话里聊了将近一个小时，末了他说想喝酒了，阿萍劝他少喝酒，注意安全。

又过了半个小时，晨哥突然说很想见阿萍。

阿萍以同学出了点急事为借口，借了哥哥的车，在细雨蒙蒙的夜晚，奔袭了200多千米赶到晨哥的住处。

阿萍到现在还记得，当时晨哥的眼神中有惊讶、有惊喜。晨哥一个劲儿地说，如果早点认识阿萍就好了。

之后，他们每天都会通过微信、电话聊天，以至于阿萍很长一段时间都觉得，她和晨哥的关系，其实就差一次告白了。阿萍也在心里暗暗地决定了，实习结束后，就留在大学所在的城市，和晨哥在一起。

毕业后，晨哥说他还没放下前任，不能接受阿萍。

阿萍觉得没关系，果断地和晨哥租了一套两居室。

虽然不是男女朋友关系，房租不低，工资也不高，但是每天能和晨哥一起起床，周末一起做卫生，一起去超市采购生活用品，一起去市场买菜，阿萍就觉得幸福得快要死了。

半年后，晨哥因为和主管不合，把工作辞了，接下来的几个月，一直没找到合适的工作。面对生存压力，晨哥笑着跟阿萍说，他准备去深圳打拼。

阿萍想把工作也辞了，跟着晨哥去深圳。晨哥没同意，他觉得阿萍现在的工作很不错，很有前景，况且他自己也不确定去深圳到底会不会有好的发展。

他们约定以关年为期限，半年后，要么晨哥回来，要么阿萍去深圳。

在爱情故事里，面对现实的承诺，人总是最残忍的。

晨哥去深圳后，和阿萍的联系越来越少，聊天时的语气也越来越冷淡。

晨哥动不动就说“你是我谁啊，要你管我”“你怎么这么啰嗦，还有完没完了”……

有一天，阿萍和同学聚会的时候，无意间从同学的手机上看到晨哥的微信朋友圈有一条关于“父母之命，媒妁之言”的相亲内容。后来，她才知道，晨哥过着一种她所不知道的生活。

之所以联系越来越少，是因为晨哥的父母给他在老家找了一个女朋友，他觉得挺好的。

之所以微信朋友圈那么干净，是因为晨哥设置了一个专属于阿萍的使她大部分内容不可见的分组。

阿萍追问晨哥，到底是怎么回事？

晨哥解释说，他不想让父母担心，也不想让阿萍伤心，他不会和那个相亲对象结婚，但也只能等他的能力足够扛起父母的压力时，才能反抗。

然而，晨哥并没有反抗，反倒是听从父母的安排，想办法凑齐彩礼钱，早点和相亲女孩订婚。

当时的晨哥没多少积蓄，就铤而走险选择了入室盗窃。被发现后，他匆忙逃脱之余从三楼跳下，幸好跳到了花圃上，只是摔坏了腿。当然，最终因为犯法，他被判刑一年零七个月。

阿萍去过一次监狱，看着消瘦的晨哥，她笑着说："我等你出来！"

晨哥出来后，只给阿萍打过一次电话，之后便音讯全无。

阿萍再见到晨哥是在半年后，两个人互相看了几眼，却一句话也没说，只是互相留了一个联系方式。

第二天，阿萍把晨哥约在咖啡馆里，聊了整整一个下午。

晨哥把这几年他的酸甜苦辣一股脑儿地全都倒了出来。阿萍也是，激动地和晨哥分享着她这几年嬉笑怒骂的生活。

阿萍很相信缘分，她觉得，老天之所以给他俩制造这么多挫折，就是为了考验他俩的爱情。

可是，晨哥觉得，老天之所以设置这么多陷阱，就是为了告诉他们他俩不合适。

和晨哥久别重逢的阿萍，这次铁了心不要再错过晨哥。她每天都找晨哥聊天，约晨哥一起吃饭、逛街、看电影。

如果你曾爱着一个人，你就会明白：也许他早已有了新欢，而你仍旧陪在他的身旁，以一个普通朋友的名义，不紧不慢地说你会一直等他。

如果你曾爱着一个人，你就会明白：在缺爱的季节里，哪怕看不到结果，你也宁愿沉浸在感动中，感动于他有足够的胸怀和眼力，能发现并喜欢你为数不多的优点，能容忍你莫名其妙的神经质和坏脾气。同时，你很庆幸有资格陪他走过一个又一个春夏秋冬，很庆幸可能有机会能陪他走到最后。

可事实是，哪怕他和新欢分手了，新娘也不会是你。

直到阿萍发了11天微信，发了147次语音聊天申请，打了94个电话后，喝过酒的晨哥才说很感谢阿萍一直爱着他，但他从来就没有爱过阿萍，希望以后阿萍别再缠着他了。

阿萍哭了一整个晚上，像是把那些年，所有的爱都哭干了。

第二天，阿萍给晨哥发了一条微信：“你昨天说的都是真的吗？”

对话框里显示“对方正在输入”，但阿萍一直等到夜色降临，对方也没发来一个字。

阿萍陪了晨哥五年，从他失恋到失业，从相亲到犯事。

每一次，都在阿萍觉得事情快要结束的时候，他出现了。

每一次，都在阿萍觉得自己还有机会的时候，他又逃跑了。

有句话说："我允许你走进我的世界，但是绝不允许你在我的世界里走来走去……"可是，如果你真的爱过一个人，也许会明白，如果是他，你不在乎他走来走去。

在包厢里，阿萍给我看了一张截图，是结婚照。

阿萍说，是晨哥发的。

过了半晌，阿萍又说，他把她拉黑了，其实没必要，她没想过要纠缠。

真的，我们都不再是第一次爱着一个人，不会傻傻地坚信少了谁就少了全世界。正如阿萍所说的，如果有一天你的旧爱来找你，或者你身边的人成了旧爱，请一定要记得告诉他：不爱了就别搞暧昧，更别在凄凉的夜说冷。因为爱过，也因为伤过，所以，你来了我肯定会欢喜，你走了我也会祝福。

当然，如果有一天，我们在熟悉的街角再相遇的时候，记得面带微笑说声"好久不见"，你也不必冷淡，不必扭头，不必碎碎念，因为我从没想过纠缠。

你只是我生命中那个应景的路人

莫西的家离我住的地方在地图上的距离是7厘米，实际距离是2.1千米。但是我从没去过莫西家。

他说："我从不在白天带女生回家。"

我说："我从不在晚上跟别的男生回家。"

这时，莫西就会开玩笑说："那你男朋友呢？"

我想了想，笑着说："他又不是别的男人。"

莫西又笑着说："那我呢？"

莫西第一次问这个问题的时候，我有些惊慌失措，可后来莫西有事没事就问这个问题，我才恍然大悟，对于常年混在女人堆里的莫西来说，这只是一句俏皮的玩笑话。

莫西是我大学毕业前实习单位的同事，他没什么优点，缺点倒是很明显——特别损。

他的损，不是攻讦漫骂，更不是冷嘲热讽，而是在你对他满怀感激的时候，你才发现自己被他损了。

比如我问他："你快帮我看看，这个表格怎么没法对齐呀？"他马上走过来，快速地动几下鼠标、敲几下键盘就搞定了。我本想说声"谢谢"，但通常都是他先鄙夷地看着我说："下回问点有技术含量的，这种小学生水平的东西，我都不好意思帮你。"

后来，为了能鄙视他，我学了大量关于表格的快捷键用法和函数知识。

可当我想鄙视他的时候，他会更加鄙夷地看着我说："哥哥是联系业务的，不是做会计的，学那些东西干吗？"

我无言以对。

也许，在智商上我们不分伯仲，但是在狡辩方面，我甚至不及他的脚后跟。

莫西第一次骂我，是在一次部门聚会上。

作为新员工的我，挡不住同事们积极热情的劝酒，当然，其中也有可恶的莫西一份功劳。

喝了几杯冰啤酒后，我的"亲戚"不答应了。可谁让我是一个死要面子的人呢，愣是在大家面前装作若无其事，后来实在撑不住了，才偷偷溜到包厢外靠近角落的沙发上。

莫西是第一个从包厢出来找我的人，他看到我捂着肚子难过的神情，迟疑了几秒就离开了。

过了大概三分钟，他又出现在我面前，递给我一杯热水。

我有些害羞地接过杯子，脸红着说："谢谢！"

莫西是第一次看见我脸红，他陪我在沙发上坐了大概20分钟，看我把水喝完后，笑着说："走吧，我送你回家。"

我笑着说："不用了，我没事，还这么早，你回去跟他们玩吧，我坐一会儿，自己回去就行。"

莫西呆呆地看了我好几秒，然后坏笑起来。

我有些疑惑，问他："你干吗呢？笑什么呀？"

莫西摇摇头，骂道："我怕你路痴，找不着回家的路。你知道，我是跑业务的，在福州这座城市，没有我不熟的地方。"

没等我开口，他又说："等我10分钟，我跟他们说一下，顺便把聚餐的本钱喝回来。"

10分钟后，莫西又回到我面前，笑着说："走吧，我跟他们'通关'了，顺便也帮你跟他们'通关'了，够本了，我送你回家吧！"

我不知道该说什么，只能应和似的"哦"了一声。

莫西叫来一辆的士，他没有坐在副驾驶座上，而是跟我一起坐在了后排座位上。

快到我家小区门口时，莫西叫司机师傅先停下车，然后小声对我说："就送你到这儿吧，我先下车，万一被你男朋友撞见，引起误会就不好了。"

我犹豫了一下，也小声说："没关系，我男朋友出差了。你好人做到底，把我送到楼上吧。"

莫西是个酒鬼。这是我对莫西送我回家后的唯一总结。

唐馨真是个"事儿妈"。这是莫西对送我回家后的唯一总结。

我问莫西："'事儿妈'是什么意思？"

莫西笑着说："说你很好的意思！"

我撇撇嘴说："你有那么善良吗？快说，什么意思？"

莫西依旧一脸坏笑着说："就是很事儿，没什么意思。"

我翻了个白眼："快说什么意思，不说绝交。"

莫西很鄙夷地瞥了我一眼："你现在这样，就是很'事儿妈'！"

认识莫西的人，很少有人知道他的过去。他也从未对任何人提起，仿佛他的过去就是一个埋在地底的巨坑，谁要是想把它翻开来，他就会把谁埋进去。

闺密常跟我说："有前任的男人很可怕，他不会轻易爱上另一个人，一旦爱上了，比恶魔更恐怖！”

我问：“有多恐怖？”

闺密说：“无法形容，只能亲身去体会。”

莫西第一次跟我讲他的故事，是在我跟男朋友吵架后。

那天，我甚至都不知道为什么，就跟男朋友大吵了一架。

我跟男朋友认识将近两年，就像他爱我一样，我也很爱他。

刚恋爱那会儿，我还在上大二，他已经工作，但是工资不高。每次出去玩，我们都是AA制。

有一次他忽然对我说：“以后我们能不能不AA制？我是你的男人，我应该养你。”

我笑着摇摇头，心里想：我是你的女人，所以我不愿成为你的负担，只愿为你分担。但看着他坚毅的眼神，我还是默默地点点头：“不管你做什么决定，我都相信你，支持你。”

恋爱三个月后，他约我出来，慎重地跟我说：“公司要外派我去杭州，工资加2000块钱，还有出差补贴，所以……”

我很舍不得，而且很害怕那些关于异地恋没有好结局的传言。我问他：“那你什么时候回来？”

他惴惴不安地说：“两年。”

我笑着点点头：“嗯，我等你。”

莫西问我：“你觉得你们会有结果吗？”

我很肯定地说：“那当然，等我毕业了，就跟他结婚！”

莫西又问：“那他呢？”

我笑着说：“那当然，他跟我承诺过的。”

莫西笑着说：“哈哈，唐馨同学，我是不是应该说‘祝你们幸福’！”

我笑着说：“那必须的。”

过了好几秒，莫西跟我相视一笑，我不知道他想到的是什么。

莫西说他这辈子就爱过一个人，现在或者以后都不会再爱了。

我问莫西：“你的前任现在过得幸福吗？”

莫西点点头，又摇摇头：“应该吧，我们已经好几年没有联系过了！”

我安慰道：“不是你告诉我的吗，既然选择了远方，就只顾风雨兼程。如果她现在过得幸福，你又何必去打扰；如果她现在过得不幸福，你觉得你还能给她幸福吗？”

莫西摇摇头，戏谑似的说：“姑娘，请给一个单身好几年、好不容易找到冠冕堂皇的借口的人一个台阶。”

我笑着说：“给了你台阶，我也要一脚把你踢下去。”

莫西骂道：“我诅咒你跟你男人要经历九九八十一难才能修成正果。”

我第一次跟男朋友闹分手是在2017年3月，那时福州的天气还很冷。

男朋友问我："说好放假来杭州找我，为什么没来？"

我说："刚好单位有活动，而且才放两天假，来回赶很辛苦。"

男朋友说："我都跟同事和朋友说好了介绍你给他们认识，你突然就说不来了，真不给我面子。"

我无奈地说："可是我真的有特殊情况，你理解一下嘛！"

男朋友却始终坚持他的立场："有什么特殊情况，大不了辞职，我们以前不是说了吗，你毕业后就来杭州。"

我有些生气："你不是说在杭州待两年就回来吗，现在快两年了，怎么一直没听你说过准备回来？"

男朋友说："我在这里事业刚起步，回去又得从头开始，那样我不就白辛苦了？"

我说："我等了你两年，别的情侣每天都出双入对的，我只能眼巴巴地等着你下班，给你打电话、视频。我都快宅出神经病了，难道就不辛苦吗？"

男朋友冷笑着说："呵呵，我一个人背井离乡打拼是为了谁？"

我说："我知道你是为了我。可是，我觉得好累。"

男朋友什么也没说，就把电话挂了。

几分钟后，他发来一条微信："我也好累，要不我们都冷静一下吧！"

我的眼泪一下就掉了下来。我想给他打电话，但又不敢。

第二天，莫西看着我红肿的眼睛，笑着说：“怎么？和男朋友吵架了？”

我点点头。

莫西吃惊地看着我，似乎他问刚才的问题只是在开玩笑。他马上转变口吻说：“今天刚好没你什么事，要不你回家休息一下吧！”

我强忍着泪水挤出一丝笑意：“没事。”

事实上，我更不想回家。回家干什么？

莫西说，那一天我上蹿下跳，忙左忙右，简直就是一个神经病。我没有反驳，也无力反驳。

下班后，我没有立即回家，而是在座位上干耗着。

晚上十点，莫西刚好忙完自己的工作，他惊讶地看着我说：“你怎么还没走？要不我送你回家吧！”

直到的士快到我家的时候，我才笑着问莫西：“去喝酒吗？”

莫西打了好几个电话，才在仓山万达的大歌星酒吧定了一个包厢，豪华大包。

我问莫西：“两个人，你定什么豪华大包？”

莫西笑着说：“夜场便宜，998元买断并且不收包厢费，还送酒水。”

我骂道：“998元快顶上我一周的工资了。”

莫西说：“土豪的世界，不值得你攀比。”

我没有反驳，只是习惯性地联想到“土豪，我们做朋友吧”，甚至莫名其妙地笑了起来。

莫西这才叹了一口气，又很正经地说：“终于看到你笑了！”

我不会唱歌，除了三五首拿手的外，其他的要么唱破音，要么唱跑调，要么忘记怎么唱。

莫西平时很会唱歌，似乎什么歌都会唱，哪怕就只会那么一两句，也是唱得很到位。但是那天晚上，莫西像个疯子一样，没有一首歌是正常唱的。

几杯酒后，我俩就像疯子一样，按照歌曲排行榜上的歌曲顺序，一首接一首唱了下去。

忘记喝了多少酒。

忘记是什么时间离开万达的。

第二天醒来，我发现自己躺在莫西的床上。

我问莫西：“那天晚上后来发生了什么事？”

莫西说：“你喝醉后，简直就是一个魔鬼呀！”

我不安地问他：“欺负你了？”

莫西惊恐地说：“何止欺负，差点被你就地正法。”

莫西给我还原了那天晚上的经过：我和他一直喝到凌晨两点半，愣是把酒全部喝光，走出酒吧后，我还要喝，不让他送我回家。后来，莫西只好把我带回他家，一到家，我就开始翻冰箱，把冰箱里存着的两瓶老百威全部喝掉，还吐了一地。

我又问莫西："后来呢？"

莫西笑着说："后来就收拾残局呀！"

我继续问："后来呢？"

莫西笑着说："你是想发生点什么吗？"

我想起那画面，耸耸肩，摇摇头。

莫西笑着说："后来，我把你的呕吐物打扫干净，就洗了个澡，躺在沙发上睡了。"

莫西常常有事没事地在我面前说："我看过太多异地恋没有结果，你是不是也要做好两手准备？"

我笑着反驳道："那都是别人，我跟我男朋友早就约定了，等我一毕业，我们就结婚。"

莫西并不相信，甚至有些嘲笑："是吗？"

我肯定地说："那当然，要不是我还没毕业，我早就跟他结婚了！"

莫西说，遇见一个爱的人真的不容易，遇见了，坚持下去了，更不容易。

莫西说，如果他爱上一个人，一定会跟她告白，哪怕被拒绝，他也无所谓。

莫西说，他曾经为了一个人付出了一切，他不会再爱了！

莫西说，他觉得他经历了我所有的经历，惶恐并祝福着我。

我相信莫西的话：遇见了，多不容易，坚持下去，更不容易。但我们一定会坚持。

我相信莫西的话：我愿意为了这份爱情付出一切，哪怕会遍体鳞伤，也不退缩。

我相信莫西的话：他经历了我所有已经经历或者即将上演的情节，我也跟他一样惶恐，一样憧憬未来。

我相信，每一个故事，都应该有一个好的结局。

2017年5月底，我选择了妥协，离开福州，去了杭州。

跟莫西道别的时候，他像是什么事情也没有发生一样，在宝龙的烤肉店里尽情地损我，给我一杯又一杯地装冰激凌。

直到送我到火车站时，他才像个长辈一样，拍拍我的肩膀，笑着说："照顾好自己！"他没有多余的话，转身就走。

走出几米开外后，他突然回过头，冲我做了一个打电话的手势。

我突然觉得有点难过。

未来太过遥远，我渴望的是抓在手里的幸福和能触碰到的感动。

我也知道，等我步入婚礼的殿堂或者打包归来的时候，莫西应该不会在转角的繁华处等我。他不苛求什么，也没奢望过什么，只是为我在拥挤的人潮里挤出了一个梦想的空间。

坐在西湖畔，在漫天红霞下，在清凉晚风里，我突然想到，莫西总会在公交车到达我家小区的那个站点时笑着对我说："你到家了，路上注意安全。"

我很想骂他，从下车到家就100多米，我还能把自己弄丢了？

后来，我渐渐地明白了，在这趟公交车上，我们都不过是从途中的某一个站点上车，又在某一个站点下车的人。我家小区的这个站点，只是莫西在行程中的一个过路站。

莫西说，我一下车，他就会找个座位坐下，然后玩手机。我相信了。

可惜不是我，幸好不是我

南小希最后一次见我，是在晚上七点零一分的首都机场。

隔着安检的玻璃，我假装不看她。

她给我发了一条微信：可惜不是你！

大学时代的南小希，最喜欢穿背带裤，配上一头干净利落的短发，像个假小子。我在篮球场打球的时候，南小希通常坐在场外的水泥地上看小说，但她会时不时关注一下场上的局势。

只要我被对手盖帽，南小希就开始笑。

我质问她：“南小希，有什么好笑的？幸灾乐祸吗？”

她反问我：“我笑关你什么事，你值得我笑吗？”

中场休息时，南小希会骑着她那辆已经生锈的自行车，到

500米外的小卖铺给我买一罐冰镇雪碧。

我不喜欢喝雪碧，更不喜欢喝罐装的。南小希说，她喜欢看我喝雪碧，喜欢看我喝罐装的。

大三那年的迎新晚会结束后，南小希和我们一起参加庆功宴。

半醉的文娱部长找南小希喝酒，跟她表白。

南小希喝了一杯后，再也不愿意喝第二杯。她站起来，走到我身边说："你替我喝了。"

我白了她一眼，说："凭什么？"

南小希踢了我一脚，骂道："你是不是我男人？"

南小希从来不承认是她主动追我的。

只是从那天之后，所有认识我们的朋友，都知道我是南小希的男人了。

大四上学期，南小希在校外实习，倒三四趟公交车去公司，每天早上不到七点就起床，要晚上八九点才能回来，挣1500元的实习工资。

我没有实习，躲在宿舍里一天到晚玩游戏。

南小希为此跟我吵过很多次，她问我到底有没有为她想过，为我们的未来想过。

当然有。我当时很认真地想过，我等毕业后就和南小希住在一起，找一个离住所不远的地方上班。早上南小希给我做早饭，晚上我给南小希做晚饭。周末和节假日，我们先在市区的景点游玩，再慢慢地去周边、去省外，等有钱了，再去国外旅游。

南小希说："你的眼里只有吃喝玩乐，没有别的了吗？"

我说："我只想和你一起吃喝玩乐，眼里没有别的人了。"

大四下学期，南小希离开了实习的单位，跟我一起准备参加校园招聘会。

大一到大三，她一直拿一等奖学金，就业推荐表上非常好看，而且每次都能轻松通过面试和笔试。至于我，几乎每一科都是勉强及格，每一次面试基本靠吹牛，每一次笔试基本靠乱蒙。

在参加了十几场招聘会后，我对南小希说："我放弃了，我不想参加校招了。"

南小希问："那你想做什么呢？"

我说："我准备考公务员。"

南小希说她陪我，我做什么，她就做什么。

那时，南小希原本准备当一名教师，她已经通过了市区重点中学的第二轮面试，就差转档案、签合同。但南小希背着我跟学校联系，说她不想当教师了。

我骂南小希："你是不是有病，好好的工作干吗不要？这种机会其他人争着抢着都得不到，你倒好，说丢就丢了。”

南小希却笑着说：“有病又怎么样？合同一签就是三年，现在不去，总比以后毁约好吧？”

我没再说什么，我知道，她这都是为了我。

于是，我们一起考公务员。

成绩出来后，南小希笔试拿了第一名，面试也拿了第一名，很顺利地得到了工作。

而我，连笔试都没通过。

大学毕业后，南小希在当地档案局工作，我则在一家小公司做文案策划。

我干了三个月，经理几乎天天挑我的毛病，说我堂堂一个重点大学毕业的高材生，那么简单的事情都做不好，大学白念了。老板对我更狠，每个月只发基本工资。我找老板要绩效工资，老板说我没有绩效，然后把我辞退了。

之后的三个月，我接连受挫，每个月都换一份工作。

南小希的工资也不高，为了负担两个人的生活开销，她不辞劳苦，做起了兼职家教。

我好几次对南小希说：“要不我们分手吧？我不适合你。”

南小希总是面带微笑说：“加油，我相信我们一定会越来越好的。”

毕业那年的春节，南小希说她的爸妈催婚了，问我什么时候娶她。

年前，我把好不容易找到的新工作辞掉了，过年也没有回家。我告诉南小希，我可能不会娶她了。

次年开春，南小希还没有从老家回来，我收拾好行李，买了一张去北京的车票，给南小希留了一封信，信里只有一句话：对不起，我爱你，可是我配不上你，找个好人嫁了吧！

后来的半年，南小希没再联系我。

到北京后，我换了手机号码，租了一间地下室。

因为手头缺钱，我不敢坐地铁，只能挤公交车；我不敢吃肉夹馍，只能吃馒头；我不敢开通手机流量包，只能蹭 Wi-Fi ；我甚至不敢把对南小希的思念告诉她，只能藏在心里。

或许，人总是要到绝境，才能激发无穷的斗志。三个月的时间，我得到了老板的赏识，工资从最初的4000元涨到了6000元。等到我去还信用卡的时候，里面已经不欠钱了。

南小希后来跟我说，她哭了很久才明白，人都是需要成长的。所以，她不来找我，也不向任何人打听我的消息，只要知道她的信用卡我每个月都在用，她就放心了。

北漂半年后，我从地下室搬了出来，在五环外租了一个单间。

有时候，我一个人喝醉了，会给南小希打电话。

南小希会笑着说："你一个人喝多没意思，来，来，我们一起喝，干杯！"

"谁要跟你干杯，想得美。"我忍着不让眼泪掉下来，不让嘴巴发出哭声。

可是，我还是隔空和南小希干了杯。

有次周五晚上十点，我又给南小希打电话，跟她说干杯。

南小希骂我，每周都这样干杯有意思吗？有本事面对面干杯呀！

我也骂南小希，那就面对面，谁怕谁！

之后，南小希跟我说，她在机场，刚下飞机。

南小希还是我心里那个南小希，但比以前漂亮了，头发也长了，完全没有了大学时假小子的样子。

在的士上，我俩一句话也没说。直到下车后，我才问南小希："酒店定了没有？"

南小希反问："你家里有别的女人吗？"

到家后，已经是子夜。南小希从冰箱里翻出了鸡蛋、木耳、洋葱等食材，炒了三个菜，然后又翻出啤酒，跟我说，干杯。

碰第一杯的时候，我就哭了。

南小希也哭了。

南小希骂我当初为什么不辞而别。

我骂南小希今天为什么不请自来。

我请了三天假，带着南小希去三里屯、簋街、香山、后海、天安门，去王府井吃炸蝎子、爆肚王、老北京酸奶和炸酱面，去德云社听相声，去开心麻花剧场看演出，去我上班的写字楼体验工作氛围。

南小希说，这一年，她从来没有这么开心过。

我说，开心的话，就留在北京吧，我终于养得起她了。

南小希说，她也想过，等她长发及腰的时候，我就会娶她。可是，她的长发还没来得及及腰，我却逃跑了。

我想跟南小希说，那段时间我是怎么熬过来的。可是，我逃跑这件事不是让南小希更难熬吗？所以我欲言又止。

南小希明白我的心思，她说，人总是要成长的，看到我现在混得像模像样的，她就放心了。

回头看看与南小希走过的这几年，我除了耍耍嘴皮子，哪里还像个男人。

别人劝酒的时候，我不愿意给南小希挡酒；同事聚会的时候，我不愿意承认南小希这个假小子是我女朋友；说好一起参加校招、考公务员，我却从来没有认真准备过；说好一起努力，我却一声不吭选择了逃跑。

南小希说，人总要成长，也许我们只能到此为止，她之所以来北京看我，是因为不想让故事结束得不明不白。

晚上七点零一分，我在首都机场送南小希离开。

南小希说，她准备订婚了。

我什么也说不出，直到她过了安检后给我发来那条微信，我才回复她：幸好不是我！

不是所有相遇的人，最终都会相恋

2016年，我在一次羽毛球联谊赛中初识晴天。当时，我们是对手。

我在福州的俱乐部，她在长乐的俱乐部。不知道是哪个闲着没事的人，临时起意组织了十几个人杀去长乐，名曰交流，实则蹭海鲜吃。

我打男单和混双。男单那一战，实在惨烈，因为比赛的前一天我纵酒过度，以至于第二天手脚无力，恰好又碰到一个“防守流”对手，我不得不强打精神，两脚跟装了马达似的，全场飞奔。

晴天说，我在赛场上那几个漂亮的鱼跃动作给她留下了深刻印象，虽然我没能挽回丢球，但那精神，特别是那动作，确实有些帅。

我没有告诉她，我差点摔成半身不遂，而且我的鱼跃动作，一小半靠的是斗志，一大半靠的是酒精作用。

混双的时候，晴天看到对手是我，就已经处于放弃状态了。

而我，已经处于濒死状态了。晴天发挥得很好，无论是放网还是封网，都相当到位，但最终她还是输了。

下场的时候，我对晴天说："你打得很好。"

晴天无奈地回头看了一眼搭档，委屈加无奈地笑着说："你打得更好。"

比赛结束后，我们照例在海鲜大排档聚餐，我作为俱乐部里最年轻且没有开车来的人，自然沦为挡酒的"小弟"。带着宿醉，以及单打失利的自责，我甚至忘记自己是怎么回福州的。

比赛后一个月，我清理微信好友时，突然发现晴天的名字，但是我们没有任何聊天记录。通常，我的微信不加陌生人。于是，我好奇地问："你是晴天？打羽毛球的那个？"

晴天连续回了将近20个各种"汗"的表情，说："这是迟到的质疑吗？"

我说："不是，这是迟到的问候。"

晴天说："所以，迟到都是要受惩罚的。"

我说："那我以身相许吧！"

晴天说："我呸！"

我说："我以为你加我好友是对我心动了，看来是我想得太多了。"

晴天说："算你还有一点儿自知之明。"

晴天又说："上回聚餐，你挨着我，对我问七问八的，就差动手动脚了。你说互加微信后就教我怎么把羽毛球打好，结果第二天你就不见人影了。男人呀，真是靠不住。"

我说："那天我喝多了，哪还记得说过什么？好吧，我认罚，请问美丽善良的晴天姑娘，能否给我一个改过自新的机会？"

晴天说："明天我有个比赛，缺个搭档，你来不来？"

我说："好！"

第二天一大早，我就开着我那辆破车，从福州赶到长乐。

可是，晴天跟我说，她早就回福州了，这次的比赛是安排在福州的V7动力羽毛球会馆。

我真想把晴天吊起来打！这油费，过路费，误工费，算谁的？

最终，比赛因为我在关键分上的两次失误，我们输给了对手。

下场后，我默默地坐在休息区，晴天满头大汗地走过来，说："休息一下，一会儿再约战他们。"

我说："比都比完了，还战什么战？"

晴天说："瞧你这点出息，真没用。"

我扭过头，狠狠地瞪了晴天几眼，这眼神的意思是，晴天再敢说一句，我直接把她就地毁灭了。

晴天最喜欢做的事情，就是在球场上跟我斗嘴。

而下场后，晴天就不会再跟我理论场上的事，她会和我挨在一起，充当啦啦队队员的角色。

认识我的人，见到我一个人时，通常会说：“你没跟你们家晴天一起去打球吗？”

仿佛我和晴天已经在一起了。

晴天在微信里对我的备注是阿莫先生。

我问晴天：“你给别的好友都不加备注，直接用网名，为什么我成了阿莫先生？”

晴天说：“因为你比较特殊啊！”

我再问晴天：“哪里特殊了？”

晴天说：“首先，你姓莫，这个姓比较特殊；其次，你是闲人一个，这样，我想找人聊天的时候，就不用在微信通讯录里往下滑，第一个就是你了。”

这么说来，我很荣幸。

很荣幸晴天把我排在第一位，尽管是通讯录里的。于是，无论刮风下雨还是加班出差，我都成了晴天随叫随到、陪吃陪聊的阿莫先生。

有几次，我抱怨晴天能不能消停几天，我得工作赚钱，不能整天陪她装疯卖傻。

为此，晴天就好几天不联系我，只在羽毛球俱乐部的微信群里不断聊天。我闲下来的时候，也会偶尔加入讨论，无论是什么论题，晴天都肯定会在30秒内“艾特”我说：“哪凉快哪待着去！”

就这样，我在羽毛球圈里又多了一个昵称——“凉快”。

有一天，晴天突然问我：“你没存我的手机号码吗？”

我说：“有啊！”

晴天问：“在哪？”

我拿过手机，说：“这不是吗？”

晴天凶了我一眼，说：“你有病呀！你才是包青天！”

我说：“你不识字吗？包晴天，没文化太可怕了。”

晴天鄙视地说：“切，有区别吗？赶紧给我改回来。”

我说：“改什么？改盛夏晚晴天？晴天霹雳？”

晴天说：“就晴天，或者晴天娃娃呀！”

晴天很爱爬山。每隔一个周末，她就会拖着我去陪她爬福州的鼓山。

每个晴天的周天，她都会在早上六点半发短信给我：“半小时后，我在学校门口等你。早饭给你买好了。”

她很准时，七点零一分就开始打电话、发短信问我到哪里了。但是，她只有第一次是准时的。

第二次，她给我发一样的短信内容。我早上七点到她的学校门口，没见人影，直到七点半，她才慢吞吞地走到校门口，若无其事地上车，系好安全带。

我问晴天：“迟到了，你一点都不愧疚吗？”

晴天笑着摇摇头。

我又问：“不带早餐，你好意思上车吗？”

晴天摸摸肚子，委屈地说：“好饿呀，我也没吃饭。”

之后的每一次，都是我在小区门口买好早点。

有一阵，我去北京出差，跟晴天的联系变少了。

我从北京回福州的第一天，晴天突然打电话说晚上请我吃饭。

晴天带来了一个男人，她介绍说：“我男朋友，帅吧！”

然后，晴天这么介绍我：“这是我男闺密，土豪一个。”

那天晚上，本来是晴天和她男朋友要请我吃饭的，最后因为我是“土豪”，成了我请他们。我吃得很开心，这是认识晴天将近一年多，她第一次没有在饭桌上损我。

晴天的男朋友，是她的一个学长，在读博士。

晴天问我觉得她男朋友怎么样。我回忆了一下，笑着说：“跟你很般配。”

晴天听后很开心。

之后，晴天在群里聊天的次数越来越少，我也是，我忙于工作。

之后，晴天在俱乐部里打球的次数也越来越少，我也是，我忙于工作。

之后，晴天跟我联系的次数也越来越少，我也是，我忙于工作。

之后，晴天的男朋友考到闽南大学当老师，晴天也跟着去了。

离开前，晴天说要单独请我吃个饭，当是践行宴。

我说，晚上要加班赶项目，下次吧，反正这么近，想一起吃个饭还是很方便的。

后来，将近一年的时间，我没再见过晴天。

我退出了那个羽毛球俱乐部和微信群，还搬了家。

我住在西南方，而晴天住在东北方。

在新的俱乐部里，我没再打过混双，也没再参加过任何俱乐部聚餐。

偶尔回到原来的俱乐部，我和队员之间少了一些玩笑，多了一些生分。

和晴天联系的次数也越来越少，她有了新的生活，也有了新的圈子。有时，她会突然发微信说：“还是福州人羽毛球水平高，我在的这个小地方，人们水平有限，都打不起来。”

我在微信上输入：“这跟福州人的水平关系不大，主要还得看搭档。”然后我按了删除，再输入：“哦！”

曾经有那么一座城，我习惯了，后来她走了，我就离开了。

曾经有那么一个人，我惦念着，后来她走了，我就忘记了。

原来，不是所有相遇的人最终都会相恋。

你不过就是仗着我喜欢你

小满看了两场电影，吃了一大锅泡椒牛蛙，唱了三个小时的歌，然后给我打电话。她说，她很难过，难过得要死，可是，她不能死，她一定要振作起来，活出更美好的样子。只有这样，再遇见他的时候，她才能高傲地对他微笑，让他后悔自己当初瞎了眼。

我说："小满，我支持你。"

我不是支持小满再遇见他，也不是支持小满高傲地笑，而是支持她过得更美好。

2016年，小满大学毕业，在一家小公司实习。

实习公司的主管是一个大她三岁的男生，说话的声音富有磁性。小满对声音富有磁性的男人完全没有抵抗力，更何况是天天相处的主管。

工作方面，只有小满不懂的，没有他不精通的；生活方面，他人缘好，爱运动，爱讲笑话，爱笑，做的饭很好吃。

实习期快结束的时候，小满鼓起勇气向他表白。

我当时问小满，女孩子不是要矜持一点吗？

小满觉得女孩子不该矜持的时候矜持就是做作，喜欢就要说出来，大家都不是小孩子了，她也不相信自己有那么好的运气能再遇见另一个他。

他没有接受小满的表白，但也没有拒绝，只是说，两个人才刚认识没多久，还不熟，这样草率交往，对彼此都不负责。

小满并没有难过，反倒是觉得，这个负责任的男人，她更喜欢了。

实习期结束后，小满换了一份工作，但每天还是会抽出很多时间找他聊天，一到假期，就找各种理由约他吃饭、看电影。

当一个女人喜欢上一个男人时，真的很可怕。

明明加班、出差累得要死，但小满向心仪的男人诉苦大半天，他只是说一句很冷淡的“那你早点休息吧”，就能让她瞬间恢复元气。

明明被上司骂得狗血淋头，觉得自己哪哪都不行、一文不值，对工作、对未来失去了信心，但他的一句“坚持，加油”或者“实在不行就回来工作吧”，立马能让她斗志昂扬。

明明发了很多条微信他都没回，感觉心马上就要死的时候，他的一句“一直在忙，怎么了”，令她心里积压得满满的抱怨，瞬间就清空为零。

他的一句“你有点胖啊”，使减肥无数次都失败的你，坚持跑了一个月的步；他的一声“你就不能安静点”，使一直爱吵、爱闹的你，突然就安静了下来。

小满就是这样。

从小到大闻到青椒的味道都会吐的她，突然就喜欢上了青椒炒肉丝。

从来只听摇滚和朋克的她，突然就开始唱20世纪80年代的金曲串烧。

平时不爱运动的她，突然就开始刷步数、刷公里数。

从没去过菜市场，没下过厨的她，突然就开始研究起了食谱。

小满说，喜欢一个人很简单，把他放在心里就好了。但是，爱一个人，除了要把他放在心里，更要让他出现在你的生活中。

2017年，小满又表白了一次。

他还是没有答应，也没有拒绝，而是笑着跟小满说：“现在这样，不是很好吗？”

小满觉得好难过，这哪里好了？

别人受委屈的时候，有对象可以倾诉，有爱的抱抱，可小满只能把委屈往肚子里吞，还要在他面前假装过得很好。

别人过马路的时候，有人拉着小手，挡在车流来的方向，让女方走在人流的里侧，可小满只能和他各走各的，就像个普通朋友。

别人失眠的时候，会有人陪着聊天、哄着睡觉，可小满在微信里写了一千遍“晚安，亲爱哒”，发出去的只有“晚安”。

小满说，有时候明明气得要命，他一个电话约她一起吃饭，她又屁颠屁颠、乐乐呵呵地去了。她很痛恨自己怎么那么没骨气。可是，他不高兴了，小满不知道自己的骨气还有什么意义。

有一次，小满和他吵了一架。

他毫不留情地说，那以后别联系了。

小满说，好！

一天，两天，他杳无音讯。

小满却急得要命，又找各种理由，主动联系他。

相信在爱情中，先爱的、爱得比较深的那个人，往往都有小满的影子。

因为是你先追的他，是你先喜欢上他的，那时候，他还未对你动心，所以敢疏远你、冷落你、排斥你，还不怕你离开。

因为是你更爱他，他是你的唯一，在他心里你也许只是可有可无的其中之一，所以他敢凶你、推开你，不在乎你是否离开。

在你的眼里，他是独一无二的，最适合的，所以你心甘情愿地付出着。然而，在他的眼里，没有你，他还会遇见和你一样的，甚至比你更好的人，但你觉得自己再也遇不到像他这样的人了。他矫情、任性、搞暧昧、傲慢，哪怕伤害了你，也知道你会自我疗伤；哪怕你离开了，也知道你一定会回来。

可是，你在爱情中真的不必这么委曲求全。他不过就是仗着你喜欢他，仗着你离不开他，才敢把你放在一个若有若无的位置。与其如此，你不如在心里还原一个真实的他，他没有那么温柔阳光，没有那么风趣幽默，你更没有那么非他不可。

爱情，会使人麻木。爱累了的时候，要学会停下来休息一下；爱够了的时候，要学会狠下心放开。爱情里的人，不能一味地索取，更不能一味地付出。但愿所有为爱努力的女孩们，都有说“你不过就是仗着我喜欢你，现在开始，我不喜欢你了”的勇气和底气。

原来还有人等你，真好

吕静给我发了一封电子请柬，婚礼定在下个月。

我说："恭喜你啊，终于把自己嫁出去了。"

她说："谢谢。他回来了。"

他回来了！

这几年，我每隔一段时间，就张罗着给吕静介绍对象，她总是婉拒，说不用了，他应该很快就会回来。

见过太多的分分合合，以至于我们都习惯了漠视那些莫须有的誓言。但是吕静没有，她觉得，他很有可能会在某一天回来找她。

大学的时候，他们在一场晚会上相识。说一见钟情有点假，说心怀鬼胎又有点俗。反正两个人就那么聊上了，没过几个月，就在校园里手牵手了。

认识的第二年，吕静的男朋友大学毕业，半年后，又被公司派驻香港。

吕静不同意他离开，她不是不相信他的心，只是不确定异地恋能不能修成正果。

等了一年又一年，直到吕静也大学毕业，他还没回来。

和大学室友吃散伙饭时，室友对吕静说："你甘心就这么一直等着你男朋友吗？这到什么时候是个头啊，值得吗？"

吕静说，她好好想想。

当吕静对男朋友说不想要这样等不到的爱情时，男朋友问吕静是不是忘了他声音的温度了。吕静想了想，没忘，他的声音陪伴了她数不清的失眠和无助的夜晚。

当吕静对男朋友说不想要这样摸不着的爱情时，男朋友问吕静是不是忘了彼此拥抱时的心跳了。吕静想了想，没忘，他那紧到让人窒息的拥抱使她第一次明白心与心的距离可以这么近。

吕静上班的第一年，与她同一时间进公司的男同事，得知她在异地恋，而且男朋友一年也跟她见不上几面，便对她展开了追求。

吕静曾一度动摇，远在天边的男朋友能给的，近在眼前的男同事几乎都能给。

比如吕静想吃泡椒牛蛙的时候，男朋友会对她说，最近天气比较燥热，吃辣的容易上火，实在想吃就约几个朋友去吧，或者等他回来，带吕静吃个够。而男同事则是列了几家口碑较好的店，让吕静选择，并提前定好位子，带着吕静去大吃一顿。

比如吕静来大姨妈的时候，男朋友会让她注意保暖，熬点红糖水，多喝点开水。而男同事则悄悄地给她倒一杯开水，对她说实在难受的话就请假吧，他送她回家。

比如吕静想看某部电影的时候，男朋友会分析电影适不适合她看，替她找高清的网络资源，教她怎么下载。而男同事则说晚上有一个场次位置不错，他有会员卡，能打五折，订好了票，陪吕静一起去看……

一开始，吕静有意无意地跟她的男朋友讲述这个男同事的案例。其实，就是故意说给他听。

她的男朋友从最开始开着玩笑说“看来有人替我爱你了”，到后来说“对于这种男人你可得小心点”，到最后说“如果你觉得他比我更好，我会主动离开”。

吕静在合适的时机、用合适的方式对男同事的照顾表示感谢，并拒绝了他。

吕静说，她很感谢也很享受男同事对她的好，可她并不爱他，既然不爱，又有什么权利享受别人对她的好？

男同事笑着接受了，说他感谢吕静给了他爱一个人的勇气和经历，他们只是不适合。

第二年，吕静换了一份工作，她的男朋友也终于调了回来。

吕静有时候会问男朋友，他们什么时候结婚？男朋友说，他想再奋斗几年，等他有所成就的时候，给吕静一个风光、体面的婚礼。

吕静其实并不想要什么风光、体面的婚礼，她只想和这个男人在一起。

二十六七岁的男人是最一贫如洗的，也最有梦想的。

吕静的男朋友说，等他攒够了首付、攒够了资源，等他无论是感情还是经济条件都准备好的时候，一定向吕静求婚。

此后，他仍旧一如既往地加班、出差，没有几个完整的、能陪吕静的周末。

半年后，他说他被总公司委以重任，派去外地筹建新公司，担任总经理，这是他的机会。

吕静说："你要加油！"

又过了半年，吕静很冷静地对男朋友说："我们分手吧，我不是不爱你，只是等不起。"

吕静说她计划给自己三年时间，试着变成一个更优秀、更独立的女人。

这三年，吕静努力工作，过上了一种不算富足，但足够宽裕的小资生活。她有自己的圈子，有自己的朋友，学会了化精致的妆容，学会了买舒适的服装和漂亮的首饰。她能在夜店玩得像个疯子，也能在咖啡厅漫谈人生与哲学。

这三年，在父母的建议下，吕静也相过几次亲，只是很少能遇到聊得下去的。

身边的人都说吕静太挑了，年纪不小了，不能再这么任性了。

吕静觉得她不是小女人，不缺爱，不需要依赖任何人，所以，也不会将就。

吕静说，她记得男朋友跟她分手时曾暗示她，如果三年后她还在，如果三年后他也没离开，他们还会重聚。

故事的结局，文章最开始的部分就交待了。

听了吕静的故事后，我的第一反应是“哦”，过了很久又突然觉得很温暖。

朋友们，当你们的爱情不得不在现实面前低头时，你们是不是也曾私下有过三年、五年甚至更久的约定？

只是，你们当时很笃定，慢慢地就变了，可能是你忘了那个人，可能是那个人选择了逃离，可能是你遇见了更好的人，也可能是现实让你选择了将就。

有些故事，不是所有人都能懂；有些情绪，又只想说给懂的人听。

所以，哪怕你能骄傲地说他在等你，你心里也很明白，你只知道他会等你，却不知道会等你多久，你也不知道能不能等来你想要的样子。

也许，当你经历了几段耗尽温柔的爱情，捏破了几个通往幸福的肥皂泡，走在了二十岁的末尾，对爱情不拒绝也绝不将就时，就会明白，吕静说出他回来了，她要结婚了是多么不容易。

原来还有人等你，真好。

爱你的时候，我从不羡慕任何人

§§§

◎¤¤

要不，我们就一路笑着去流浪

如果你问我，幸福的爱情需要多少筹码，过去的我会用很现实的口吻回答你，它至少需要每天的柴、米、油、盐、酱、醋、茶。现在的我，会风轻云淡地告诉你，只需要你在。

对我来说，世界上最幸福的事情，莫过于你一直都在。

没赶上高铁的时候，你在；没挤进电梯的时候，你在；没买到最中间位置的电影票的时候，你在；早晨醒来一睁眼的时候，你在；晚上被噩梦吓醒的时候，你在……无论去哪里，无论做什么，你都在！

幸福，不就是这样吗？哪怕身无分文，只要有你在身旁，我们就能一路笑着去流浪。

最凄苦的时候，是你的工资被公司拖着没发，微信里只有21块钱，付不起25块钱羽毛球活动费。最幸福的时候，是他瞥见你的微信零钱，笑着说：“新人第一次参加活动免费。”

女生的爱情，常常是在初次见面时萌芽。越陌生，越不了解，就越心动。

那天晚上，安晓斜靠在沙发上考虑了很久，才给他发微信：“睡了没？”

“还没呢，在看视频！”他几乎是秒回安晓的微信。

“今天谢谢你哈，以后还要多向你请教。”

“请教谈不上，欢迎以后常来哈！”

“那必须的，有时间一定会去的。”

安晓有一种从未有过的谨慎感，生怕说多了意图会明显，又怕说少了会不够礼貌。在他回复了一个微笑的表情后，安晓很自觉地选择了闭嘴。

在安晓的心里，其实很渴望能聊他的大学、他的喜好、他的感情、他的故事……反正关于他的过去现在和将来，她都想了解。但是，女生还是要矜持，特别是对于第一次见面的男生，太主动会显得很廉价。

有机会，一定会常去的，就算没有机会，安晓也要创造机会去。

第二天，安晓找姐姐借了500块钱，然后兴高采烈地问他下一次打球是什么时候。在听到他说每天都在打球后，安晓用很羡慕的语气说希望自己也能去。

安晓的家离球馆很近，一共不到两千米的距离，她完全可以走路过去。他却笑着说："反正我骑电动车，要不就去接你吧！"

活动定在晚上八点，安晓七点就收拾好装备，坐在客厅沙发上等他的消息。

要怎么打招呼呢？打完球要不要请他吃夜宵呢？他会不会有女朋友了？他是不是对每个新手都这么热情？他多大了？他叫什么名字？他是哪里人啊？

安晓痴痴地想着，反复地在心里默念，就像学生时代准备上台演讲一样，反复地背诵，就怕待会儿太尴尬了会忘词，就怕太紧张了会让他误以为她很高冷。

坐在电动车后面，风很大，他说了什么，安晓一句也听不清。当风穿过他的衣服，传来的那股沐浴液的味道，安晓觉得很好闻，忍不住想把鼻子靠过去。特别是刹车或颠簸的时候，安晓的双手本能地搂住他的腰，一种甜蜜的感觉像触电般袭遍全身。

那天晚上球友们的水平都很高，除了中场休息，他陪着安晓上场活动了几分钟，其余时间安晓就像一个小女生一样，崇拜地看着在场上移动、跃起的他，甚至觉得他连输球的姿势都那么好看，连擦汗的动作都那么迷人。

安晓很主动地去吧台买了两瓶C柚，橙子味的。

她清楚地记得，他昨天喝的就是这款有点气泡，有点酸，又有点甜的饮料。递给他的时候，他微笑着看着安晓，很温柔地说：“谢谢！”

“你刚才好帅啊！”安晓情不自禁地说了出来，说完后，才有些后悔，害羞得脸瞬间就红了。

他只是“呵呵”地笑，一边擦汗，一边喝饮料。

回家的路上，安晓还一直在回忆，说他“你刚才好帅”的时候，他的微笑是什么意思？但她又很庆幸自己不经大脑地说出了这句话。

到了小区门口，安晓愣了几秒钟，没下车，笑着问：“你饿了吗？我好饿啊，我们去吃夜宵吧！”

这回，轮到他愣了几秒钟，然后才回过头，看着安晓，点点头。

在离安晓小区不到500米的地方，有一个夜市。安晓饿的时候，经常一个人跑到砂锅店，不管冬夏，吃上一碗砂锅米线。吃完后，再烦、再孤单的情绪，都会一扫而空。

安晓早就研究出了一份得意食谱，砂锅里加上花蛤、罗汉肉、千叶豆腐，荤素加海鲜，她最喜欢这样的味道。这次也一样，老板娘热情地说："不加葱和香菜，微辣？"

安晓点点头。

"你经常来这里吗？老板娘都认识你了！"他把球包放在地上，拿了一包纸巾，把桌子擦干净。

安晓点点头："对啊，有时候不想做饭，又不想吃外卖，就来这里了。"

"我有时候也会来，不过还从来没见过你。"

"你也住这附近吗？可惜没有早点认识你啊！"

"是啊，就住对面的小区，很近。"他笑了笑，叫老板再加个煎蛋，继续说，"你以前是不是没打过羽毛球啊？为什么会突然就喜欢呢？"

安晓其实很想回答"因为你"，可是她哪里敢，只是笑笑说："因为太懒了，想运动运动，觉得打羽毛球的女生都特别有气质！"

之后，他就开始讲打羽毛球的好处，比如对皮肤好、对身体好……安晓听得津津有味，忍不住打断他："所以，你喜欢打羽毛球的女生喽，对吧？"

这次，轮到他害羞了，他看着安晓的眼睛，笑着点点头："对啊！"

安晓又很大胆地问："所以，你球打得这么好，还是单身啊？"

“是啊！感情这种事情嘛，我觉得是可遇而不可求的。缘分到了的时候，你躲都躲不开。缘分没到的时候，你求也求不来。”

安晓点点头，笑着说：“对啊，前天之前，我还从没想过会和一个男生一起在这里吃砂锅米线呢！你知道我都一个人在这里吃了快一年了，哈哈！”

“以后我陪你！”他说完后，很笃定地笑了笑。

之后的几天，安晓就算不跟着他去打球，也会在微信上和他聊很多。

聊他和初恋的故事，聊他打球的故事，聊他的梦想和信仰……安晓发现，她了解得越多，就对他越好奇，越想靠近他。安晓一点都不怀疑自己的初衷，从一开始，她就是目的不纯的。她不是单纯地为了打好羽毛球，不是单纯地和他做普通朋友。

有时候，她也会害怕，害怕自己不管不顾地付出了太多，万一他是个骗子呢？万一他并没有想象中那么好呢？

可是，就在害怕的后几秒，她又会狠狠地骂自己：“人家那么优秀的一个小哥哥，你怎么能把他想象成骗子，想象成坏人呢？你连这点为爱努力的勇气都没有，这么怕受伤，有什么资格配得上他？”

女生对于爱情，总是喜欢自我否定后又自我肯定，总是喜欢偷偷地在被窝里，一个人导演两个人的故事。明明什么话都还没说，明明什么都还没有确定，可在她的心里，早就和他过上了幸福的一生。

他真的没有食言，好几个晚上，安晓刚觉得饿了，他就刚好发来信息："要不要去吃点夜宵？"

安晓就不假思索地答复："好啊，一会儿见！"

然后，她马上把傍晚才许下的要减肥的诺言抛之脑后，换衣服，梳头发，用最快的速度出门。

吃完夜宵后，安晓突然有一点负罪感，自嘲地说："天天吃夜宵，都快要胖成猪了，没人要了！"

"哈哈，不会的，你胖一点更可爱。"

"你竟然说我胖？"

"不是，你一点都不胖。真的，特别瘦。"

安晓看着说错话左右为难的他，突然就很想笑。

两个月后，羽毛球俱乐部组织内部交流赛，结束后大家一起去聚餐。

不巧的是，安晓的公司安排她加班，以至于她没能参加比赛，连聚餐都迟到了。

两桌球友，唯独他的身边还留了一个位子。安晓既高兴，又有些胆怯地坐了过去。

安晓那些天刚好处于生理期，不能喝冰的，也不能喝酒。

他提前点了一壶五谷杂粮热饮，给她倒了一杯，而且每上一道菜，都很热情地说这个菜好吃，那个菜会比较辣。

菜上齐后，朋友们挨个喝酒，轮到安晓时，他挺身而出，笑着说：“她身体不舒服，我作为群主，替她喝吧！”

安晓就像是第一次去见男朋友的朋友一样，有一种很浓烈的被照顾、被保护的感觉，这让她觉得很安心、很踏实。

在聊到他想要找什么样的女朋友时，他列了很多标签，比如要爱羽毛球的，要长头发的，要温柔的，要贤惠的……他一边说，一边又频繁地看看身旁的安晓，似乎是在给安晓贴标签，又像是怕自己哪句话没说对，安晓会不高兴。

朋友们并没有放过他，笑着说：“说了这么多，那到底是怎么样的？举个例子，比如说我们这桌在座的，谁比较合适？”

他不假思索地说：“安晓！”

安晓的脸一下就红成一片，她转过身直直地盯着他，很想生气，又忍不住窃喜。

朋友们开始起哄：“表白……表白……表白……”

他有些害羞地说：“别闹了，喝酒喝酒！”

当天晚上，他照例送安晓回家。

安晓有些生气，这个男生胆子怎么那么小？可自己又不知道该如何开口，万一他只是开玩笑的，那她得有多尴尬？

直到在小区门前等红绿灯的时候，他才回头说：“安晓！”

“什么？”安晓有些惊讶。

这时，绿灯亮了，他什么也没有说，只有风的声音，这倒像是安晓的幻听。

在小区门口，安晓很平静地下车，走了两步后，他才追上来，笑着说：“那个，晚上的事情，你不要介意，朋友之间开玩笑，大家都是无心的。”

“你也是无心的吗？”安晓不理会他的话，反问他。

“我……”他支支吾吾了半天。

“不想说算了！”安晓有些不高兴，平时在球场上很霸气的那个男生，这会儿哪里去了？

“不是！”他赶紧解释，“我就是……我……我其实……”

“那你到底喜不喜欢我？”安晓盯着他的眼睛，很认真地问道。

他摇了摇头，又立马点头。

安晓这会儿才露出微笑，很得意地说：“那就行了，我知道了！”

“但是……”

“有什么好但是的，我要回家洗澡睡觉了。”安晓很霸道地打断了他的话，摆摆手转身就走了。

感情最害怕“但是”了，只要答案是正确的，你就不必给他更多解释的机会了。

回到家，洗完澡，安晓窝在沙发看电视的时候，才看到手机里有他发来的很多文字消息。

他说：

“第一次见到你，就觉得你很特别，慢慢地对你有了感觉。你的漂亮，你的温柔，让我很期待每天接你去球馆，每天和你吃夜宵。特别是你坐在电动车后座的时候，我经常会有一种坏想法，如果你能搂着我的腰……

“你那么好，我怎么配得上你。我没有车、没有房，甚至连份正经的工作都没有，哪有什么能力给你幸福呢？我很想靠近你，可是，又真的很怕会伤害你。你知道我每次明明想发‘好想见你’最后改成‘去不去吃点夜宵’时的心情吗？

“晚上我在酒桌上说的话是真的，在我的心里，你早就是我的心上人。我只是害怕你不喜欢我，害怕让你为难，所以才不敢表白。甚至刚刚在小区门口，你问我‘那你到底喜不喜欢我’时，我都不敢点头。”

……

安晓来不及看完全部文字内容，直接拨通了他的电话，电话接通后，不等他说话，安晓就直截了当地说：“你发了那么多字，我眼睛都快看花了。反正，我就是喜欢你，你有没有钱我不管，只要你是真心对我好就够了。我不强求你有车子、房子，只要你能一直在我身边就行了。我们就算是一起去流浪也无所谓，我会一路笑着跟你去。我就问你，你敢不敢！”

他在电话那头，迟迟不回应，安晓又问了一句：“敢不敢？”

“敢！”

“那就行了，我要睡了，晚安！”

他的“晚安”还没说完，安晓就把电话挂了。

过了很久，他才发来信息：我爱你！请你放心，我一定会用我全部的爱，给你幸福，给你未来。

爱情的萌芽，本来就是很单纯的，你对我有情，我对你也有意。你难过的时候，天晴又怎么样？你微笑的时候，下雨又怎么样？最怕的是故事还没有开始，你却预设了很多障碍。

其实，只要我爱你的时候，你也爱我就好了，管它明天起风打雷，我们只管相爱，剩下的事情交给时间去圆场。心若无处栖息，到哪不是流浪。心若在一起，就算流浪，我们也会一路笑着去流浪。

如果最后不是你，早一点分手也没关系

我和苏力僵持了大概半年，最后，他终于决定搬走。

找这套房子的时候，苏力跑遍了我公司的周边小区，找了四家房产公司，花了三个周末和五个晚上，最终选择了一套价格实惠、南北通透、有一个很大落地窗的房子。

苏力骂我，为什么我对房子的要求那么多。

可是我觉得，如果住得不好，又怎么能安心工作，安心追求梦想呢？

那时候，是苏力最爱我的时候。

苏力会一天到晚缠着我。

我在学校上课，他会一直缠着我跟他聊天，我一下课，他就给我打电话。有时候，他会突然来接我，又不提前告诉我。如果他等了很久也没有看到我出来，就会不顾学校门卫的阻拦，闯进教室质问我哪里去了。

我通常跟他开玩笑说，跟男同学约会去了。

苏力通常气得扭头就走，三五天内不找我聊天，不接我电话，还在微信朋友圈里说他又失恋了，好难受。

我有时候会给他点赞，有时候会调戏说“那我不是有机会了”，有时候也会骂他“一个大男人还那么矫情，恶不恶心”。

苏力说他就是要恶心给我看。

大四那年，有一段时间，我突然想去看海。

苏力偷偷地买了两张动车票，订好酒店，带我去厦门。

我很疑惑，苏力在实习，要上班，他怎么会有时间？

苏力说他请假了，理由是：世界那么大，他想陪我去看看。

他带我去中山路看帅哥，同时，他也看美女；他带我去厦门大学，在那幢复古的宿舍楼前假装成文艺青年；他带我去环岛路，骑着自行车吹海风；他带我去鼓浪屿，在长椅上冻得瑟瑟发抖，还故意扮酷。

在沙滩上，我说我想拍一张海浪来时跳起的照片，苏力抓拍了很久，直到我跳累了，也没拍出一张我满意的。我给苏力拍照的时候，苏力也学着我的动作，自视过高的他，被海浪打乱重心，一屁股坐到海水里，我差点没笑死。

那天夜晚，我和苏力坐在沙滩上，一边吃着海鲜烧烤，一边喝着扎啤。

苏力跟我讲他的童年、他的前任，以及他的最后一个女朋友——我。

我跟他讲闺密的糗事，但没有讲前任的故事，只说苏力是我的初恋。

其实我有前任。大一那年，他以舍友老乡以及学长的名义，请我们宿舍的人吃饭，本来他是要追他的老乡学妹的，但加了我的QQ后，就开始追我。

那时候，我觉得男人都不是什么好东西，特别是大四的“老男人”，对于蒙骗大一的小学妹很有一套。

他的名字我都忘了。我只记得他跟我在QQ上聊了一个星期后，就约我去吃饭、爬山、看电影、唱歌。他唱歌真的很好听，他唱了许嵩的《我很喜欢》后，不知道从哪里变出来一束玫瑰，问我愿不愿意做他的女朋友。

我答应了。

交往了一个月后，有一回我们去看夜场的电影，电影结束后已经晚上十一点了。他说这个点回学校，宿舍已经关门了，不如一起在外面住吧。

我没同意，执意回学校。第二天，他竟然跟我提出了分手。这段恋爱还没怎么发展，就这样结束了。

我大学毕业后，苏力一直劝我换一个离他近一点的工作单位。我没搭理他，我觉得真心想见一个人，再远都不是问题。

苏力拿我没辙，每个周末早上，都坐一个多小时的公交车来找我过周末。

每每有新出的我喜欢的电影，苏力都会通知我，一下班就到我公司门口等我，或者到电影院买好可乐和爆米花等我。

有一次路上堵车，苏力迟到了，让我别等他。于是，我就取票、进场、看电影。但因为电影剧情太精彩了，加之包里的手机调成了振动模式，直到电影结束我才想起苏力。

散场的时候，苏力已经在大堂睡着了。可他没有骂我，只是说知道我看得那么开心，等再久都值了。

不过，闹矛盾的时候，苏力也常常会说我心里根本没有他，要不然，为什么看电影的时候，从来没有想过他不在。

2016年，我把苏力带回家。家人没有一个祝福的，都在反对。

我对苏力说："我爱你，你也爱我，但每一份爱都是需要经济基础的。我不需要你买房，但买车不过分吧？我不希望你出人头地，但不希望你原地踏步。”

苏力做的是程序开发的工作，他三年换了六份工作，每份工作都做不满半年。有时候，我很疑惑，他为什么要换工作？

苏力总是说，因为加班太多，因为老板太蠢，因为甲方有病。他说得最多的，是不想因为工作减少了陪我的时间，降低了爱我的质量。

很多时候，我觉得苏力爱我太多了，而且我的“公主”脾气一上来，除了苏力，好像没人受得了。

有时候，我会突然觉得心很烦，然后就请假，苏力一定会请假或者旷工来陪我；有时候，我会突然觉得无聊，就一直给苏力打电话，不管他是在开会还是在赶项目；有时候，我会突然发神经，给苏力发信息说觉得我跟他不合适，他就会一个人在家喝个烂醉。

那一年，苏力月薪6000块钱。我问他，什么时候能买车？他说他办了一张信用卡，等他攒够两万块钱，就能买得起了。

我骂他，做程序的，业余时间接点私活，不是也能挣点钱？

2017年，苏力又换了一家公司，公司离我家很近。他搬家的时候，我很高兴，满满地憧憬着要跟他开始幸福的生活。

我瞒着家人，和苏力同居。

然而，爱情总是怕走得太近，更怕朝夕相处。

一个月后，我和苏力开始吵架。

内容无非是“你晚上不回家吃饭，干吗不提前告诉我，我买好菜了，做好饭了，你突然说不回来了”“说了袜子要手洗，至少不要和上衣一块儿放到洗衣机里，你脑子坏了，还是故意的”“整个房间、被褥都是烟味，还怎么睡觉，你抽烟就不会到阳台上去抽吗”。

因为我把居家生活照发在微信朋友圈时忘了设置“分组可见”，被家人知道了我跟苏力同居。爸妈很激动，他们原本在外地工作，竟然连夜赶回来，请我和苏力吃饭。

妈妈说，既然我跟苏力已经同居了，那苏力就必须负责，我们要么结婚，要么分手。

爸爸说，他相信我的眼光，但苏力得拿出一点东西让他确信。他可以不要聘礼，但必须得先买房，首付他可以帮忙出10万元，剩下的30万元苏力得在一年内想办法解决。

苏力的家在贫困村，别说30万元，3万元他都拿不出。

那天之后，苏力开始变得消极。他说他没办法，一年的时间，怎么可能凑够30万元？

我问苏力：“你爱我吗？”

苏力说：“我爱你，但是爱不起了。”

我骂苏力：“如果你是一个男人，是我的男人，就必须得扛下来。”

苏力没扛下来，一回家就玩游戏，有时候喝到三更半夜也不回家。

我骂苏力："你是我的男人，但我的男人，不应该向现实低头。"

此后半年，我生气的时候就砸东西。苏力从来不打我，也不骂我，只是安静地看我砸完后，把房间收拾干净。

房间他可以收拾干净，但是他把我的心撞成一块一块的，这怎么收拾?

有一天，他还是喝得烂醉回家。我跟他大吵了一顿，伸手就打了他一巴掌，然后抱起他的电脑就砸在地上。苏力没有还手，任凭我发疯。他搬了一把椅子到阳台，一根接一根地抽烟。

第二天我醒来后，苏力还在阳台睡着。我给他盖了一条毛毯，他睁开眼睛，把我抱在怀里，抱了足足有三分钟。松开我的时候，他微笑着说："我觉得我们还是分手吧。"

其实我真的还没有死心，我觉得苏力肯定会有振作起来的一天，肯定会拿出一个骄人的成绩，满足我爸妈的要求，高兴地娶我过门。

我曾经很天真地认为，这个时间肯定不会很久，三个月、半年、一年，我都可以等。

直到苏力放弃了努力，而我放弃了相信他。

我和苏力之间的爱，成了无休止的“我在闹，他在忍”。只有在吵架的时候，我们才能感觉到彼此还在乎对方；只有在睡着的时候，我们才能找到彼此的美好。

后来，苏力终于搬走了，从我的世界消失了。

听说他在2017年年底结婚了。对象是老家的一个姑娘，只要求有3万元的礼金，没要求他买车、买房，喜宴摆了十几桌，亲朋好友都来祝贺了。

而我也订婚了，老公是一个大我三岁的男人。他工作好、人品好、家庭条件也好，一点也不比苏力差。

我猜，苏力的爱人应该不会有“公主”脾气，不会对他颐指气使，也一定比我好。

我偶尔还是会想到苏力，我知道在很长一段时间里，他都不会从我的记忆里消失。

只是现在，他过得很幸福，我过得也不赖，这样挺好的。

爱情，不管最终是否在一起，不都是希望彼此过得好吗？而且，谁敢说爱情就一定会有美好结果的。

所以，如果最后不是他，早一点分手又有什么关系？

我感觉冷，但不会随便抱别人

多多问我："现在还是一个人睡吗？"

我说："不是。"

大概过了半个小时，多多又说："晚安！我一个人睡。"

我和多多分手差不多有半年了。

这半年中，每隔一段时间，就会有那么几天，我们还像男女朋友一样，一天到晚聊无聊的话题。也会有那么几天，我发消息或者她发消息，会收到"你好烦啊""你怎么那么无聊""我很忙"的回复。

有时候，多多甚至会半夜突然加我为微信好友。通过验证后，我骂她："你有病吗，干吗拉黑我？"

多多说："拉黑是因为怕你一直都在，加回来，是怕你偷偷离开。"

凭什么要一直都在？凭什么不能偷偷离开？

我很讨厌多多，干吗分手后才开始展现她的好，好到我认识的每一个女生都不如她。

哪怕我想将就着找个女朋友，多多还会嘲笑我，告诫我她的离开是为了给我一个更美好的未来，所以，我的下一任，一定要比她优秀。

有时候，多多说她也很讨厌我，明明我们不再是男女朋友了，凭什么她一生病，最焦急的人是我；凭什么她一个电话，即便我在出差，也会以最快速度出现在她面前；凭什么我仍在忍受她的暴戾、善变、迷糊和小情绪，让她不知道怎么去爱别人。

和多多分手的理由很简单，她出差三天后，回来发现厨房的垃圾还没扔掉，就开始跟我吵。

她吵，我也闹。

我们从卫生间的马桶盖为什么不放下，吵到为什么把袜子和T恤放到洗衣机里一起洗；从睡觉明明抱得好好的为什么下半夜就背对着她睡，吵到明明说好晚上十点回家，为什么喝到三更半夜不洗澡就上床……

气头上的多多把茶几上我最喜欢的搪瓷茶缸摔了，我伸手就把她推倒在沙发上。之后，多多连衣服都没收拾，就走了。

三天后，搪瓷碎片还在客厅，厨房的垃圾也还没有扔，我也没有去接多多回家。

多多回来收拾衣服的时候，我躺在沙发上看电视。出门的时候，行李太重，我帮她把行李搬到楼下，搬到小区门口，搬到的士后备箱。

回公寓的路上，多多给我发了一个微信："如果你抱抱我，可能我就不走了。"

我写了一大段话："我错了，可是我太爱面子了，要不你叫司机师傅调头回来吧，要打要骂都随你，怎么样……"

字没打完，多多又发了一条微信："祝你幸福！"

我把写的一大段话删了，回了一个字："哦。"

多多有很严重的健忘症和强迫症，她明明比我晚半小时上班，也经常跟着我一起出门，因为她老怀疑房门没有反锁；她想吃脆鱼的时候，哪怕前面排了七八十个人，哪怕已经饿得没力气了，还非得等。

我睡觉的时候会打呼噜，有"多动症"，她常常被我吵得睡不着，蹬掉被子半夜被冻醒；我写故事的时候，烟一根接着一根抽，谁的电话都不接，她做好饭叫我吃饭我也不理。

我们就像两个不懂事的孩子，生活在一起之后，互相烦腻了、吵够了、闹够了，就想给自己一段独处的时间、一个独处的空间，去研究自己是否非对方不可，是否值得继续下去。

我没有变心，多多也没有移情别恋。

爱情，就是这么奇怪，明明不完美的两个人，怎么就成了彼此遇见的最恰当的人？明明是很恰当的存在，怎么就成了暴戾的刺猬，哪哪都不对了？

每次聊到小毛病、小事故，多多都会骂我有病，她对我说分手了就好好做朋友，能不能别老想着她的黑历史？

我没病，凭什么要好好做朋友？凭什么不能老想着黑历史和她？

标准的45度角自拍、上扬15度的嘴角，多多半夜在微信朋友圈里发了一张在酒吧的自拍照，附上一句话：并不是喜欢最嘈杂的音乐和最烈的酒，只是心空得只剩下喧嚣，心疼得只能用酒精来麻醉。

多多和一个陌生男人聊了很久，喝了很多酒，在酒吧外的寒风中，陌生男人把大衣披在多多的身上，搂着多多的腰。只走了几步，多多就推开了那个陌生男人。她一个人坐在酒吧门前的内河边上，哭了很久。

我在书房一根接着一根地抽烟，窗外的工地正昼夜赶工。这已经是第四天，我写不出一个完整的故事，每每写到一半的时候，就冷笑着把文字全部选中，然后删除。

以前，多多会时不时地遛进书房，问我什么时候写完，骂我少抽一根烟是不是会死。她会把凉的开水换成热开水，会突然说“你亲我一下、你抱我一下，我就去睡觉了”。

多多不在，我有时候在书房趴着就睡着了，有时候在客厅沙发发着呆就睡着了，有时候在卧室突然惊醒……

我给多多的微信朋友圈点了一个赞。

多多写了一条评论：也想放肆、张扬一次，也想夜深后不回家，可为什么明明感觉冷，却又固执地不愿身边有个陌生人。

当爱进入疲惫期后，我们常常会想：

她那么胡搅蛮缠，那么幼稚无知，出门不懂方向，做事不带脑子，照顾不了你的生活起居，又不能助力你实现你的梦想，也许当初你们只是因为天真或者寂寞才在一起，如果丢下她，会不会有更好的女人出现？

而他有大男子主义，遇到美女常常忍不住张望，没什么事业心，给不了你渴望的物质生活，又不能给你太多的精神陪伴，恩爱是装出来的，幸福是装出来的，那你能不能丢下他，去寻找真命天子？

就像他的身边总会有几个漂亮的红粉知己，而你的身边也不缺排队的新好男人。以前，在一起的两个人总觉得，哪怕分开其实也没有什么大不了的，世界上本来就没有谁非得是谁的唯一。

可是，又好像只有一个他（她），在你的爱情、事业、家庭的生活里，与你很契合，那个人也许不完美，却令你和他（她）相处得很舒服。

在人的一生中，两个人能相识、相知、相爱、相守，有多难？哪怕在爱情的细节里互相嫌弃，又有多少人了解相处的不易？

就像天冷的时候，他会提醒你穿哪一套衣服既保暖又好看，而不是单纯地说“天冷了多穿点衣服”；就像受挫的时候，她会鼓励你，带你去吃大餐，陪你去KTV呐喊一夜，而不是单纯地说“没关系，加油，我相信你”。

爱情，好像就是这样。所以，哪怕正遭遇感情的寒冬，也别轻易放弃对爱的信仰，如果你觉得心很空，请别轻易地让另一个人入住，就像我哪怕感觉冷，但绝不会随便抱别人。

我终于忍不住给多多发了一条微信：“在哪家酒吧？我去接你。”

多多给我回复了一个惊讶的表情，问：“你之前不是说，已经不是一个人了吗？”

我说：“是呀，我每天都觉得你还在我身边。”

多多马上发来一个定位。我看了一下窗外阴郁的夜色，毫不迟疑地走出了家门。

相爱的人，从来不在乎彼岸

每个人，都会有为了一句无关痛痒的话彻夜难眠的时候，都会有为了一个人心甘情愿地离开一座城的时候，都会有为了一段感情万念俱灰的时候。爱情的本质，其实就是一场冒险。有的人抵达了幸福的彼岸，有的人在岔路口迷失了方向。

但是，爱情的真谛，并不体现在结局的欣喜，还体现在过程中的“小确幸”，可能是为了一句话面带微笑入睡，为了一个人守着一座满含深情的小城。只要爱的人一直陪在身边，对你说的都是真心话，这段旅程无论是荆棘密布还是充满浪漫都不重要，你冒险一点又何妨?

爱情，本身就是一场没有剧本的冒险之旅。

七七的爱情观，和我的完全不一样。

我们第一次在朋友组织的沙龙上讨论爱情观时，七七跟我争论得很激烈。

我觉得爱情的本质就是冒险，每一秒都是真人秀，没有剧本可参考，没有对白可练习，没有导演喊停，没有后期剪辑。就像你高兴的时候唱了一首歌，破音就破音了，不会有后期的修音。这不是冒险是什么？每一对情侣，都有不同的相处方式，每一个人，都有自己的脾气。彼此无法确定结局是否美满，这当然就是一场大冒险。

七七很不屑地看着我，就像是在打量一个受过很重的情伤的男人，她高傲地说："爱情的真谛在于其过程，结婚并不是唯一的目的。女生确实不会忘记穿上婚纱、戴上婚戒的时刻，但也不会拿这些来过日子。她更在意的是一粥一饭、一茶一水，那些贯穿两个人日常细节的东西。难道两个人约个会，看场电影，来一次旅行，都能算是大冒险吗？"

我崇尚结果，七七信奉过程。

沙龙结束后，我俩以探讨爱情观的名义，互相留下了联系方式。

那一天，我第一次认识七七，她背着一个棕色的小背包，看起来特别像学生。阳光透过玻璃窗，透过她棕黑色的发丝，打在她的侧脸，很温暖，很动人。

那时候的福州，气温已经逼近10℃，虽然有太阳，但冬风吹来，站在咖啡馆门口的我和七七，还是不约而同地哈了一口气，紧了紧衣服。

我问七七："你怎么走？"

七七笑着说："我离这儿很近，走着回家！"

我又问："那介意一起走一段吗？"

七七笑着说："不介意啊！"

七七的爱好很广泛，她喜欢摄影、写作、旅游、插花、听音乐……

我的爱好很单纯，就是上班、赚钱、玩。

七七说："你过得太世俗了，你需要多出去走走，生活其实有很多美好的东西。"

我笑着说："那你当我的向导吗？"

七七说："你给我发工资吗？"

那时候，是我认识七七的半年后。

这半年，基本上我们每周都要约一次，有时候是一起喝咖啡，有时候是一起看音乐剧，或者是我陪她在野外的花海里遨游。

七七的生活很有节奏，她清晰地知道自己每一天、每一个季节要做什么。

她觉得好的生活，一定是井井有条的生活，这样才不会出乱子。在该睡懒觉的时候，就睡到艳阳高挂；在该放松的时候，就玩到夜幕降临。

她和我之前认识的所有女孩都不一样，不能简单地用矫情或者呆板来形容。她安静的时候，比任何人都安静，可以捧一杯咖啡、一本书，安安静静地坐一个下午，哪怕对面还坐着我。她闹起来的时候，又比任何人都疯，明明喜欢的是小清新类歌曲，疯起来连广场舞歌曲、高速路摇滚都开口就唱。

我笑七七："我觉得你特别像一个精神分裂患者，静如冬眠的乌龟，动似捕食的猎豹。"

七七也开始笑，然后把靠在身后的小抱枕砸向我。

我又问七七："你觉得爱情最美好的样子是什么？"

七七想了好久，久到我都差点忘了自己问了她什么的时候，她才会心一笑地说："就是咖啡有咖啡的香气，鲜花有鲜花的娇艳，你有你的梦想，我也有我的信仰。"

七七的信仰，大概是把每一项爱好，都培养出它特有的精彩来。

她不像我，掐着时间点，算着效益值，凡事都只求结果，不问过程。

哪怕是看同一个爱情故事，我记住的，永远只是谁和谁没在一起，谁和谁的矛盾最大。而七七记住的，是故事的女主角在哪里动心了，故事的男主角在哪里告白了。当我因故事的结局不够圆满而感到遗憾时，七七会因男、女主角轰轰烈烈地爱过而心生向往。

我问七七："如果我们恋爱了，最后却没有在一起，你会难过吗？"

七七笑着摇摇头："你是在跟我表白吗？"

我承认，自己对七七动过心，但我很快就自我否定了。毕竟我有自知之明，我的粗心配不上七七的精致。她想要的那种精致生活，我如果给不了，就没有资格选择开始。

我点点头，又摇摇头，像是做错事的小孩，瞬间就脸红了。

看我这副样子，七七有点"哀其不幸，怒其不争"似的叹了口气，摇摇头。

"难道你不喜欢我吗？"七七问。

"'女神'谁会不喜欢啊！"

"那你为什么不表白？"

"如果我说我喜欢你，你会信吗？如果我说我想做你男朋友，你会答应吗？"

"会啊，为什么不？"七七一脸坏笑地看着我。

我有些感动，不是因为这个表白太像开玩笑，而是七七没让我难堪。

即便捅破了这层窗户纸，甚至开了窗、开了门，七七和我的关系，也没有什么质的变化。我们仍旧不会主动牵起对方的手，仍旧不会说一些甜蜜的情话。

不过，当同事、朋友组织活动，说可以带家属时，我们会第一时间想到对方。

有时候，七七会问我："你觉得我俩之间算是什么样的关系？"

我笑着说："我也不知道，反正跟你在一起的时候，我觉得时间很短，话题太多，很开心，很放松。"

七七耸耸肩，有些不以为然："可我总觉得我们之间少了点什么。"

我皱了皱眉，有些疑惑，七七说的没错，确实差了点什么。

比如在聚会上，七七的朋友戏弄我时，七七会说："别闹，这是我好朋友！"而我总是习惯性地逃开。比如我的朋友想要七七的联系方式时，我会说："朋友妻，不可欺啊！"而七七总是用眼神来否定我。

我问七七："会不会是因为，我们都给自己留了退路？"

七七摇摇头："不对，是我留了退路，而你，没有看到出路！"

七七的解读很精准。

因为从一开始，我就小心翼翼地靠近她，从不敢奢望结果，而七七只是想在我的身上，享受她想要的幸福。

那年夏天，我和七七相约去海边看日出。

凌晨的海边，还泛着凉意，我们沿着海岸线走了很久，一直到太阳在海平面上从露出微弱的光线到泛红，再到像个鸡蛋黄一样，跃出海面。

七七兴奋的样子像极了一个小姑娘，她一边高兴地鼓掌，一边“哇……哇……”地叫着。当一个小浪打过来时，七七想都没想，就跳进了我的怀里。

那是我第一次抱七七，初升的太阳带着温暖的光芒，给七七的脸蛋抹上了一道羞涩的腮红。

七七抿着嘴，安静地看着我的眼睛说：“原来你的侧脸这么好看。”

我笑了笑说：“心动了吗？”

七七坏笑着点点头。

以前过马路或者进出电梯时，礼节性地拉一下七七的手，我都会觉得拘谨和冒犯，现在牵着七七的手走过长长的沙滩，我突然不想放开了。

当天下午，七七就开始流鼻涕，嗓子难受。我带她去医院，医生问起症状，七七难受地说：“可能是冻感冒了吧！”

那天的气温，是36℃左右，看着“冻感冒”的七七，我突然就笑了。

七七白了我一眼："你笑什么笑？"

医生的诊断意见是，七七得了空调病，于是给她开了三天的药。

拿完药回来，离开的时候，我情不自禁地问医生："感冒不是打针更容易好吗？"

七七凶了我一眼，在我的手臂上重重地掐了一下。

回到家后，七七就像丢了半条命似的，有气无力地躺在床上。

我在厨房忙了大半天，熬了一锅有点焦味的粥。我把粥端到床头时，七七很努力地挤出笑容说："你要喂我吗？"

我叹了口气，笑着说："好吧，我就当是喂猪吧！"

"你说什么？"

"我说，我就当是喂小猪猪吧！"

"你才是小猪猪，我哪里胖了，你见过身高1.65米，体重49千克的猪吗？"

我点点头："见过，就在眼前。"

生活，其实就是这样。它不像坐动车，你买到哪个站，只要中途不下车，一定就能到达目的地。它更像是与你在同一节车厢的乘客，你可以选择睡觉，不理他，也可以选择跟他好好聊一程，而每一程你都会有不同的收获和惊喜。

七七就是这样想的：“为什么要考虑那么久的以后呢？过好今天就行了，刮风就穿衣，下雨就打伞。明天再大的雨，也淋不湿你今天的路，不是吗？”

“但是，如果知道明天可能会有雨，提前准备好伞，也是没错的，不是吗？”

七七没有反驳我，因为这本身就是一个悖论，谁也没办法争赢。

爱情本身，不过就是一道接着一道的选择题：

选择要不要认识？选择要不要靠近？选择要不要表白？选择要不要在一起？选择分手还是结婚？

有一天半夜，我在公司赶项目，突然来了一个陌生电话。

她在电话那头说：“喂，别的小朋友都回家了，你什么时候来接我回家？”

我立马就听出了七七的声音，笑着说：“随时啊，你在哪儿？是不是喝酒了？待着别乱走，我马上就来接你！”

我边说边收拾东西，她没说话，过了几秒我才听到电话那头的欢笑声，她笑着说：“你个笨蛋，我在跟朋友们玩真心话大冒险。”

我叹了口气。

停顿了几秒钟，七七又笑着说：“我等你！”

爱情，是不是都这样：认识之前，我们的爱情很具象，具体到看几场电影，逛几次街，在一起多长时间，有什么样的结果；认识之后，那些为另一半设置的各种条件和门槛，不需要谁的点明，我们就主动选择了忘记。

每个人的一生都注定会有一个人，让你心甘情愿地磨平自己的棱角，修正自己的方向，走上一条你从未想过，可一旦踏上，就永远舍不得停下，更不用说回头的路。

就像我和七七一样，爱得越久，对感情的看法就越朝着相反的方向发展。我哪怕还是不能确定七七到底会不会陪我幸福地走完这一生，也一样珍惜在七七身边的每一秒。而七七呢，在陪着我分享和见证每一分每一秒的幸福的同时，常常靠在我的肩膀上，畅想未来的样子。

很庆幸，有一个美好如七七的女生，让我的这场爱情之旅不是一场冒险。可能吧，相爱的人，从来不在乎彼岸，也不会迷失方向。

我是不是你转身就忘的路人甲

小单说我的心里从来就没有她。她觉得，她只是我受伤时的避风港，无聊时的对讲机，寂寞时的电热毯，以及转身就会忘的路人甲。

我不知道怎么回答。

认识一年，我从没说过爱她，对她的许诺只有“你若不离，我必不弃”。

女人往往很缺乏安全感，特别是在她认定你是她男人的时候，她会反复问：“你爱不爱我，你是不是不爱我了？”

有时候，小单是这样的。

她会在电影开场前突然对我说：“前面三点钟方向有个美

女。”她一会儿又会狠狠地掐着我的腿说：“你别一直看那个美女好不好？”

她会在我出差前突然跑到我家门口，无助又期待地说：“你只是出差几天，一定不会不回来的吧？”

她会在吃饭吃到一半时突然问我：“你以后也会给我夹菜吗？”

有时候，小单是这样的。

“我觉得我们可能不会结婚，说真的，说不定哪天我就跟别的男人跑了。”

“我知道你没有爱过我，只是把我当小孩子，对不对？没关系，我不怪你，我会努力的，努力成为你爱的样子。”

“我爱你，比任何人都爱你，所以我不在乎你爱不爱我，一点都不在乎。”

小单认识我时，我刚把那辆车龄十年的破奇瑞换成了马自达6，租住的单间也换成了一套单身公寓。为了庆祝换新车和乔迁，我请了几个朋友到家里做客。

小单就是其中一个朋友的闺密。

小单说，她很喜欢干净的男人，她喜欢我落地窗边的灰色地毯和高高的书架，还有书架中间靠右的一格里的那瓶红酒和红酒杯。她说她从来没见过这么爱看书的男人，还能把书摆放得这么有情调。

其实，我并不爱看书，也谈不上有情调。

小单说，她也是后来才发现，我根本没什么情调。喝红酒，我通常是倒半杯，一口气喝了；看书，我通常是折页，或者直接用名片做书签。

可是，小单说，只是因为第一眼认定我了，所以她往后的日子都可以将就。

小单和我在一起后，问我还记不记得第一次见到她时她的样子。

我想不起来她穿的是七分裤还是三分裤，穿的是衬衣还是T恤，指甲涂的是红色还是黑色……我说，我只记得那时她很年轻，很爱笑，声音很好听。

小单想了想，觉得我能记住这些就足够了。

其实，我也曾问过自己，我和小单是否会有结果。

我给自己的答案是看缘分。

对于一个男人来说，所谓看缘分，其实就是不拒绝，但也不认定。

小单很怕我会突然离开，突然不理她，突然不跟她在一起了。

她说，她听过我的故事，她知道我很难把一个女人放进心里，所以不说爱，也不轻易承诺，永远一副“你来，我欢迎；你走，我不留”的样子！

我也清楚，喝酒的时候谈起感情，我能编出无数个酒桌上的故事，比如：大学时我和女朋友是异地恋，为了爱她，我努力兼职挣外快，就为了每个月多讲几分钟电话，多买几件礼物。毕业后，我孤身一人从福州跑去厦门找她。后来，因为我很穷，追不上房价上涨的速度，她和我分手了。我只好滚回福州，做自己的单身贵族。

小单说，我的故事她知道，她还知道我对爱情的渴望以及对爱情的绝望。她也知道，之后的几年，我的生命里出现的女人，没有一个能撑过半年。但她觉得，她可以。即便她不可以，至少她还年轻，她还有机会，不会被耽误。

每一个在爱情中的人，是不是都曾以为：对于另一半来说，你一定是最特别的存在，比他身边的任何一个人都特别，比他爱过的任何一个人都特别。

其实我对小单并不好。

比如我们开车去海边玩，我临时接到公司通知，要我改一个工作方案，小单会很懂事地独自去海滩逛，让我留在车里用笔记本电脑赶工。我改好方案后，觉得心累，会睡一觉，但睡醒后天已经黑了，我才意识到没好好陪小单。

比如我们约好一起吃饭，我让她来我单位楼下等我下班，可是公司突然临时开会，一直开到晚上十点才结束，而我也才意识到小单还在等我。于是，约好的吃晚饭变成了吃夜宵，但小单并不会埋怨我。

小单说，我占据了她大大的空间，像是一个大航标，指引着她前进；她觉得自己在我的心里就像一棵小树苗，默默地待在我的身后，不能言语，更不能转移。

小单常常会跟我说，她觉得我和她之间的爱情，一点也不公平。可她又能说服自己，因为爱情哪来公平呢？

有一次，小单喝了很多酒，闹着要我抱她上楼。我住的地方在7楼，我说坐电梯吧，她说不要。

到了4楼，小单凑到我的耳边说：“在你的爱情故事里，我是那个特别的存在，还是那个你转身就会忘的路人甲？”

她把头靠在我的肩膀上，我不知道后背流下的是汗水还是她的眼泪。

没爱过，不代表没放在心里。

哪怕没放在心里，也不会是路人甲。

毕竟你有我家的钥匙，知道我把红酒放在什么位置，知道我有睡前在床头放一杯水的习惯，知道我从来不说爱……那么，你怎么会把自己当成路人甲呢？

但是，你可以随时离开。真的，你不用陪我蹉跎年华。我知道，你在我面前有点自卑，所以才会迁就我。可你知道吗，你那么年轻，我更觉得自己配不上你。

你做了我的逃兵，却成了她的盖世英雄

在咖啡馆，落地窗外的光线打在小凌酒红色的长发上，漂亮极了。

我很久没见过小凌了，久到忘记了她原来这么漂亮。

坐定后，小凌把手机里正在播放的视频关掉，笑着看着我：“好久不见啊，什么时候回厦门的？”

我笑了笑回答：“回来有一段时间了，一直很忙，也不敢打扰你。”

小凌说：“呵呵，我现在比较闲散，每天不是窝在家里看肥皂剧，就是出门逛超市。”

我说：“那挺好的，真羡慕你。我忙得跟陀螺似的，媳妇的化妆品要买，孩子的奶粉和尿布要买，呵呵。”

小凌笑着说：“我也很羡慕你，终于实现了自己的梦想。”

七年前，我的梦想是娶小凌为妻。

大学毕业吃散伙饭时，我借着酒劲，在小凌面前单膝跪地，承诺道：“尽管我现在很穷，但我一定会拼命给你富有的生活；尽管明天有风有雨，但我一定会拼命给你幸福的生活。只要有我在，风再大，我来挡，雨再大，我来扛。”

小凌把我扶起来后，抱着我哭得一塌糊涂。

大学的两年恋爱时光里，我们经常走在校园的每个角落，一起幻想着多年后，领着我们的孩子回到母校，告诉他：“你看，这棵树就是爸爸妈妈当年一起种的……你看，爸爸妈妈当年就在这里学习知识，等你长大了，也要好好学习”。

一年前，我回过一次母校。

只是我带的孩子不是小凌的，身边的女人也不是小凌。

分手的时候，小凌像没事发生一样，做了一顿丰盛的晚餐，还特意去超市买了一瓶红酒。没有红酒杯，我们就用一次性纸杯，在不到30平方米的单身公寓里追忆过去。

这套单身公寓，小凌原本想买下来。当时，我们毕业两年，有几万块钱的积蓄，再找朋友借一下，首付肯定是够的。只是，我不太愿意，心比天高的我，不甘领着微薄的工资，总想攒一些家底后，自己单干。

小凌也没有反对，她笑着说："那就不买了，我们把它租下来吧！"

搬家的时候，小凌乐得跟小孩子一样。她说："老公，终于没人跟我们抢厕所了，终于没人管我们玩到几点了，好开心！"

在去单身公寓前，我们住过城中村、民房、合租房。大冬天热水器没热水洗澡的时候，内急时厕所被别人长时间霸占的时候，三更半夜隔壁房间传来激烈争吵的时候，冰箱的水果和房间的零钱无故丢失的时候……我都会很内疚地对小凌说："对不起，让你受苦了！你放心，我一定会给你幸福的，让你比天底下任何女人都更幸福。"

小凌说她跟我在一起的每一天，都是很幸福的。所以，她的脸上表现出的从来都是快乐多过忧伤。哪怕，急于求成的我，轻信了朋友说有高额回报的话，把两个人在几年时间攒下来的十万块钱都败光的时候，小凌还微笑着安慰我说："没事，钱财都是身外之物，人没事就好！"

小凌很镇定，一如既往地幸福着。

二十四五岁的男人，最怕的不是失败，而是被失败彻底打败。

积蓄败光之后，我总觉得自己对不起小凌，觉得自己欠她太多。渐渐地，我又觉得自己没能力给小凌幸福，整天通过打游戏、看网络小说来麻痹自己，工作也不上心，业绩下滑，态度不端正，以致被公司开除。

为了养家，小凌白天上班，晚上和周末去做家教。

有一天，她肚子不舒服，在回家的公交车上差点昏倒。一进门，她闻到的是满屋子的烟味，看到的是厨房里没洗的锅和碗，听到的是我无情的叫嚣："怎么这么晚才回来？外卖呢？你要饿死我吗？"

小凌一句话也没说，含着泪去厨房把锅和碗收拾好，又煮了一碗鸡蛋面。

当天晚上，小凌背对着我平静地说："我不怕你一无所有，我只是害怕你甘心于一无所有。房子没买我不怪你，钱没了我也不怪你，人生难免会有一些起起伏伏的。可是，你说过要给我幸福，我不知道还要等多久。现在我终于明白了，原来自己是一个只会幻想幸福的傻子，而你已经沦为一个只会承诺的骗子。我好累，真的好累！"

这之后，我们分手了，小凌先搬出了公寓，没多久我也搬走了。

人，似乎真的只有在一无所有的时候，才会明白什么叫无依无靠。

即便丢了工作，失去了斗志，可我至少还有小凌做我的依靠，所以我才敢肆无忌惮地咆哮和嚣张。小凌走后，没有人打包外卖，没有人收拾烟灰缸，也没有人半夜给我拥抱。

小凌说："我后来有试过找你，可是你搬家了。"

我笑着说："是啊，我那时候想过要去找你。可是，我哪还有什么脸去找你，总想着等我恢复过来，等我混得好一点的时候，再去找你。"

小凌笑着说："后来，你不是也没来找我？"

后来的事情，谁又能说得准呢？

我也不是没有想过，等我有一天飞黄腾达了，再风光地敲响小凌的家门，兴奋地说："亲爱的，让你久等了，我来娶你了！"

可是，万一按响门铃后，开门的是小凌的现任呢？

后来，我遇见了另一个女人。

她给了我希望和勇气，也给了我责任和动力。

在她想吃牛排的时候，即便房租都要交不起了，我还是高兴地带着她去；在她觉得累的时候，我不再执拗于公交车什么时候到，伸手就拦辆的士；在她嫌弃房子太旧太潮的时候，我用最短的时间租一套精装的、充满阳光的公寓；在她想要一个家的时候，我从抽屉里翻出户口本，选个日子带她去登记；在她想要一份心安的时候，我领着她去售楼处，预购一套温馨的房子，哪怕远在郊区……

年轻的时候，你总觉得好的爱情就是两个人一起去努力创造幸福。后来觉得，作为男人，你有义务为了她的幸福打拼。而爱人的帮扶，终归是锦上添花，你不能勉强，更不能依赖。

好像总是要在分了手、受了伤之后才会明白，那些不可逾越的磨难，不过是自己放弃了抵抗的结果。于是，事隔多年再回忆起来，无论当初是我选择了逃避，还是你选择了放手，我们总会有一些后悔，当年如果再努力一下，再坚持一下，结局是不是会不一样？

可是，我们往往不够努力，没有坚持，选择了放手，选择了做爱情的逃兵。

小凌说：“我有一段时间特别恨你，恨你为什么不能在我还没来得及放下的时候到来。你知道吗，我从始至终都是想要跟你一辈子的。”

我笑着点点头，手机里传来女儿的视频对话邀请。

小凌看着我像个小孩子一样跟女儿聊天，突然笑着说：“以前，我一直觉得，我是你的爱情俘虏，你是我的爱情逃兵。这么多年后，我突然觉得你变了好多，当初那个失意的年轻人，应该早就成了妻子和孩子的盖世英雄了。”

英雄？逃兵？

你呢，是谁的逃兵，又成了谁的英雄？

真希望相爱着的人，如果有一天你们爱不下去了，别介意他成了你的逃兵，也许他只是上错了战场，他不可能一辈子都当逃兵。

所以，请笑着对那位你当初视为珍宝的人说一句：你曾经做了我的爱情逃兵，希望你一定要成为她的盖世英雄。

你幸福就好，请不要让我知道

2016年秋，福州的太阳还是很毒，周边游俱乐部组织了一场东甲岛的露营。

那段时间，因为工作非常压抑，我就报名参加了。

去往码头的大巴上，陈小沫坐我隔壁，一上车就开始涂各种防晒霜，涂完之后，看着皮肤黝黑的我，她笑着说："你要涂点吗？"

正在发呆的我，吓了一跳，笑着说："可能用不着吧！"

陈小沫说她不是本地人，是浙江人，刚毕业，很爱旅游，这是她第一次参加露营，很高兴认识我。

我也笑着说，很高兴认识她。

陈小沫很能聊，天南地北的奇闻异事，她都略知一二。一个半小时的车程中，叽叽喳喳的她几乎扫除了我的压抑。

下车后我们转乘轮渡，陈小沫愣是从头拍到尾，一个劲儿地拉着我帮我拍照。

当天晚上，俱乐部组织了篝火晚会，我和陈小沫因为看上去很亲密，被大家误认为是情侣。陈小沫也不解释，干脆拉着我的手。我问她：“你平时都这样吗？”

陈小沫狠狠地掐了我一下，骂我：“在你眼中，我是那样的女生吗？出来玩嘛，当然要放开一点，这叫解放天性，懂吗？”

解放天性是什么鬼？我不懂。

娱乐活动结束后，躺在帐篷里的我一直睡不着，便拿了半打啤酒，钻出帐篷，在星光下，一边喝酒，一边听海浪的声音。

小岛的半夜，海风很冷。陈小沫给我发微信，说想聊聊天。

我说：“我还没睡，在喝酒、听浪，要不要一起？”

陈小沫很快换好衣服，在山坡的草地上，靠着我的肩膀，聊她的童年往事，聊我的工作和感情。

半夜三点，海滩上突然出现了蓝眼泪（一种夜光藻），陈小沫高兴得快要叫出来，借着手机的微光，拉着我艰难地小跑去海滩。

蓝眼泪在海面上散落着，陈小沫在虔诚地许愿。

我问陈小沫：“要不要抓几只？”

陈小沫白了我一眼："抓什么抓？神经病吧你！"

兴奋过后的陈小沫突然问我："你想知道我刚刚许的是什么愿望吗？"

我笑着打趣说："你可能是在感谢上苍，感谢他这么大方地把我送到你的身边，对吧！"

陈小沫乐得像个小孩子似的，反问我："你猜？"

两天一夜的海岛游很快就结束了。陈小沫回了杭州，我依旧在福州上班。

陈小沫每天都会跟我说"早安"。

如果我10分钟内没回复，她就会再发一条："你是猪吗？还不起床！"

她也每天都会跟我说"晚安"。

如果我3分钟内回复她，她就会再发条："赶紧滚去睡觉，天天熬夜，你想死吗？"

有时候，陈小沫说她很怀念那次旅行，说她其实是一个很内向的人，不爱说话、不爱笑，在那次旅行中，她是想彻底改变自己的面貌，所以完全变了一个人。可是，回到杭州后，面对同样的圈子、同样的环境，她还是无从改变。

改变，是需要很大的勇气的。

我问陈小沫："你真的想要改变吗？从离开杭州开始。"

陈小沫问：“离开杭州，去哪里？”

我说：“你可以考虑来福州啊，除了热一点，其他还蛮好的！”

陈小沫问：“去了没工作，喝西北风吗？你养我啊？”

我笑着说：“好啊，我养你！”

我确实这么想过：在去海岛路上的初相识时，在篝火晚会牵手时，在半夜草地上喝酒闲聊时，在蓝眼泪前虔诚许愿时，在日复一日说“早安、晚安”时……我确实想过，如果有机会，我一定会养陈小沫。

可是，这个问题，陈小沫没有明确回答，只是发了一个笑脸的表情。

之后，因为工作忙，我和陈小沫的联系从每天都聊微信，到慢慢地一天聊几条、几天聊一条，最后几个月我突然想起她时才和她聊两句。

陈小沫的生活越来越好，她正在努力成为自己想成为的人。

我问她：“为什么呢？”

她笑着说：“不为什么，你不是更喜欢那样的我吗？”

我笑着说：“你少来了，最近怎么样，什么时候结婚？”

陈小沫给发了几张照片，是婚纱照，她问我：“漂亮吗？”

我笑了笑说：“可惜新郎不是我！”

陈小沫给我发了一串省略号后，又发了几个大大的笑脸。

2018年元旦，晚上12点刚过，陈小沫突然给我发了一段话：

我很庆幸认识你，也很庆幸在我最需要陪伴的时候，你没有离开。很多时候我总会想，是什么样的缘分能让我认识你，而且无法遗忘你。我也很庆幸，不管是真是假，你对我说过了我们女生最想听的三个字。只是，很抱歉，我没有勇气去找你，更没有勇气隔着屏幕爱上一个人。所以，我祝你幸福，祝你早日找到你的真命天女！

这段话，我反复看了不下十遍，我站在阳台看着满城的烟花，笑着说："新年快乐！"

其实，我们都曾动心于"陌生人"最美的模样，有时候是她漂亮的脸蛋，有时候是她爱笑的眼睛，有时候是她调皮的神情……就像陈小沫说的，我只是喜欢屏幕里的她，只是喜欢那个伪装出来的她。

我只是听到她调戏地问"你养我啊"时，心跳加速，只是看到她的婚纱照时，快要窒息。因为隔着屏幕，所以我们看不到彼此细微的表情；因为隔着屏幕，所以我把悲伤伪装成了祝福。

我想，我们每个人都曾深爱过一个人，也永远记得分手时，她说会永远爱你，会等你去娶她时的表情……后来，她结婚了。

在某个深夜你喝醉了酒，发了一条微信朋友圈状态。

她第一时间评论道：“你现在怎么样了？”

你说：“挺好的，你怎么这么晚还没睡？”

她说：“睡不着，宝宝一直在闹。”

呵呵，你幸福就好，能不能不要让我知道?

陈小沫，你幸福就好，但是请别让我知道。

请不要假装对我好，我会当真的

你有没有遇到过一个对你特别好的人，好到你觉得只差捅破那层窗户纸。可是有一天，他突然从你的世界消失了，这时你才明白，原来并不是所有的关心都是因为爱情。但你想不通，他不喜欢你，干吗要对你好？

半年前，瓶子在朋友的聚会中认识了东子。那时，瓶子已经和前任分开快三年了，这三年来，几乎每个月都有男生向她表白，但她从未心动。毕竟，到了二十五六的年纪，喜欢和爱，太轻易被说出口了。

瓶子很清楚，有类人口中的喜欢和爱，通常是持续一周左右的“早安”“晚安”，电话秒接，微信秒回，但很大概率都撑不过半个月。只要瓶子稍有不满，这类人就会不辞而别，突然消失。

东子不是这类人。认识瓶子五天后，他才给瓶子发信息，向她咨询有关现在比较流行的文案字体、字号和行间距，以及图表的大小、图片的分辨率等问题。东子大学学的是计算机专业，毕业后从事程序开发工作，近期上级让他对接一个项目，他要写程序开发方案。

瓶子很认真地跟东子讲解了目前的行业标准，并在东子编写方案的过程中提出了很多用词、排版方面的建议。

东子在提案成功的当天晚上请瓶子吃饭，他们去了一家川菜馆。

东子吃得满头大汗，他一把鼻涕一把泪，一个劲儿地喝饮料。瓶子问他是不是不能吃辣。

东子乐呵呵地说，他是一个吃老坛酸菜面都感觉像世界末日的人。

瓶子笑着说："你不能吃辣，为什么要来川菜馆？"

东子说，他记得上次聚会的时候，瓶子有说过哪里新开了一家川菜馆，她一直都想去。之后，东子又笑着列举了很多瓶子的喜好，比如她喜欢黑色，喜欢猫，喜欢在睡觉前喝一杯茶，喜欢冬天的傍晚和夏天的早晨，喜欢穿耐克跑鞋，喜欢戴粉色的手链，喜欢一切都有条不紊地进行；不喜欢戴项链和耳钉，不喜欢喝加糖的咖啡，不喜欢吃鱼，不喜欢去人多的地方，不喜欢抽烟、喝酒的男人，不喜欢被突然打破生活方式。

瓶子有些吃惊，这只是她和东子第二次见面，但东子怎么会这么了解她？

东子说，程序员的生活其实很无聊，除了写代码就是找程序漏洞，所以，觉得无聊的时候，他就偶尔看看微信朋友圈。他很认真地看过瓶子的微信朋友圈，每一条都认真地看过。

这之后，东子每天都会对瓶子说“早安”“晚安”，每天都会给瓶子讲不重复的段子，瓶子遇到困难的时候，东子总能以最快的速度帮她解决。

瓶子说，她没去过酒吧，好想去看看是什么样子。东子就找了一个情调好的酒吧，带着瓶子听音乐、聊天、喝鸡尾酒。

聊起音乐，瓶子说她很喜欢李荣浩，东子二话不说，就去点唱了一首《模特》，说献给瓶子，追光灯打在东子身上的时候，瓶子觉得东子浑身都在发亮。

瓶子感冒的时候发了一条微信朋友圈状态，下面写评论表示关心的人很多，但只有东子赶到了瓶子的小区楼下给她打电话，然后带她去医院挂号、取药。从医院出来后，他还给瓶子熬粥，直到深夜才离开。

瓶子晚上加班超过十点，东子开车到瓶子的公司楼下接她，说太晚了没公交车了，打车不一定安全；瓶子半夜想吃泡椒牛蛙，感冒着的东子喝两杯热开水后，带着瓶子去夜宵店；瓶子睡觉做噩梦被吓醒，给东子打电话，被吵醒的东子一点脾气也没有，陪着瓶子有一句没一句地聊，直到瓶子先睡着。

逛街的时候，看到漂亮的情侣装，瓶子会问东子好不好看；看电影的时候，每次在等候区，东子问喝什么，她随口就说“情侣套餐”；过马路的时候，东子总会把瓶子挡在身后。甚至，东子把俩人的合照发到微信朋友圈，瓶子在底下评论说东子好丑的时候，他还会笑着说：“主要看气质。”

瓶子觉得，上天终究会怜惜那些优秀的女孩，在适当的时间，送一个美好的他到身边。三年了，她的爱情终于到来了。她和东子的感情，早就如行水之舟，只差最后的告白了。

半年的时间，瓶子幸福地享受着来自东子的关爱，更幻想着和东子在一起之后的幸福生活。直到有一天，东子给瓶子发了一张照片，是他和另一个女生的合影。

东子对瓶子说：“这是我女朋友，你觉得我们般配吗？”

瓶子的眼泪瞬间就掉了下来，嘴上却骄傲地说：“没我漂亮。”

瓶子怎么也想不通，如果东子不爱她，为什么要对她那么好?

都说女人在爱情里的智商为零，因为善于想象的女人，总能轻易地就勾勒出她理想的爱情王国，一个没有欺骗和背叛的王国，一个充满纯真和真爱的王国。在那个王国里，她是公主，会有一个为她穿上水晶鞋，为她安上翅膀的王子。可是，在现实的爱情世界里，却有着太多的欺骗和套路，有好男人送给你一份纯爱，也会有“渣男”让你看破爱情。

对于瓶子来说，东子没有欺骗她，却有套路她，他不是“渣男”，却让瓶子看破了爱情。他为瓶子穿上了水晶鞋、为她安上了翅膀，最后却离开了。

瓶子哭了一整个晚上，第二天东子打电话问她怎么了。

瓶子忍不住反问东子：“你不爱我，为什么要对我好？”

东子没有回复，也许，在东子的定义里，对一个人好，并不一定非得是爱她。

可是，对于瓶子来说，他在恰到好处的时间走进了她的世界，用恰到好处的温柔融化了她的守候，等她安心地卸下一切防备要拥抱他时，他却说要离开，而且还说从未爱她。如此残酷的现实，她如何能接受？

也许，当女人相信了爱情之后，相信了爱情里的主角是你之后，都会变得很傻。所以，亲爱的你，如果你从未想过喜欢我，就请别假装对我好，我很傻，会当真的！

§§§

我们终于成了为爱担当的大人

◎¤¤

就因为爱你，我才要更努力呀

米小非就是个傻瓜，一个女生，年纪轻轻的那么拼命干吗？

堵车的时候刷刷微信朋友圈、看看风景多好，干吗要盯着手机看日程安排？饿的时候去吃想吃的鸡排多好，干吗要盯着体重秤发呆？睡不着的时候找朋友一起吃夜宵多好，干吗坐在阳台对着夜色垂涎欲滴？喜欢一个人的时候大胆去追多好，干吗偏偏听信“不要在该努力的年纪光想着谈恋爱”……

米小非对我说：“你就是一个扶不起的阿斗，我跟你说，年轻的时候不努力，老了你就只能空叹息。”

其实，我也有努力啊！

她开电脑的时候，我也开电脑；她看书的时候，我也看书；

她起床的时候，我也起床了；她挤公交的时候，我也在挤公交……不都一样的吗？

这时候，米小非就会白我一眼，表现出恨铁不成钢的样子说：“我开电脑是为了学习，你干什么？玩游戏。我看的是实用书籍，你看的是什么？网络小说。我早起是要锻炼身体，你早起呢？是看电视。我挤公交都在听口才训练，你呢？刷微信朋友圈，刷微博八卦，刷小视频……这能一样吗？”

仔细想想，好像是不一样。

可在大学的时候，我和米小非就是一样的。

我们逃掉最后一节课，就为了吃食堂刚出锅的酸辣土豆丝；我们晚上赶在关门铃声结束前的最后一分钟里回宿舍，就为了不向门卫阿姨服软；我们周末在操场上背靠着背，用一副耳机听一下午的音乐，就为了不被同学们说没格调；我们在图书馆里看言情小说，就为了学点恋爱技巧。

临近毕业，米小非问我：“你想好了没有，什么时候娶我？”

我反问米小非：“那你想好了没有，什么时候嫁给我？”

米小非说：“等你有能力娶我的时候，我就嫁给你。”

我说：“好！我向你保证，十年后，如果你未嫁我未娶，那么我们就凑合着在一起吧！”

“你说什么？想找死是吧！”米小非在我的手臂上重重地掐了一下，掐得我差点就要跪地求饶。

我们就那样打闹着毕业了，没有像其他的情侣，毕业就分隔两地，更没有在毕业季选择分手。我们甚至连讨论都没有，只是对上了一个眼神，就选择了在大学所在的城市找工作、过日子。

在吃毕业散伙饭的时候，看着即将奔赴各地，可能这一辈子都不会再见面的同学，全班同学几乎都哭了，米小非也把出门前化的精致的妆哭花了。

她把头埋在我的肩膀，抽泣着说："我不想毕业，不想离开。"

我只能紧紧地抱着她，有那么一瞬间，我甚至有种错觉：原来我们都还不成熟。否则，怎么会因为别离就痛哭？人这一生，别离的事情会少吗？

以前，放寒暑假送米小非检票进站的时候，我没难过；考试考砸了，差几分没拿到奖学金，我没难过；养了大半年的小乌龟突然死了，我也没难过。我以为，在大学这个小社会里，我们都长大了。万万没有想到，看着相处了四年的同窗马上就要各奔东西，真有种世界一下子被掏空了的感觉。

"宝宝，你要知道，不是所有人都能陪你一辈子，每个人都有自己的生活，有些人注定只能陪你走一段路。未来的时光里，你还会遇见更多更优秀的人，有更精彩的故事发生在你身上的，所以，你不要太难过了。"我安慰米小非。

米小非还是止不住地抽泣："这我也知道，可我就是觉得很难过。”

人最难过的时候，其实就是觉得自己很难过的时候。一旦有新事物进入他的世界的时候，也就是难过被替换的时候。

在感情的世界里，所谓的悲伤，多半是你给自己强加的枷锁，只要你能目视前方，把注意力集中到新的世界，悲伤就会主动退出你的舞台。

米小非也一样，不需要太多的安慰，当她沉浸在收拾行李、找房子、找工作中时，并没有花几天时间，那些以为分开后会很想念的人，就被努力适应新的生活所取代了。

离校三个月后，米小非突然问我：“你还记得我那个舍友叫什么吗，总喜欢穿红色衣服的那个，我一时间想不起来名字了！”

我从米小非的微信朋友圈搜到她们合影的照片，指给她看：“你说的是她吧？”

米小非点点头：“对对对，就是她，哎，朝夕相处了四年的同学，想不到还没几个月，我差点连叫什么都说不上来了，我是不是太没有良心了？”

“也不能这么说，这可能只是短暂失忆。人在不同的时候，经常会短暂失忆，对于明明熟得不行的人，就是叫不出名字，这很正常的。”我说。

“也对，天天叫你胖子习惯了，有时候还真想不起来你本名叫什么了。”

“你这样，我就会伤心了。”

毕业后，米小非住在她小姨的单身公寓里。

她的小姨问了她好几次：“你怎么不让你男朋友也搬过来？”

同样的问题，米小非也问我：“你为什么不搬过来？”

我笑着说：“我也想过，可是我要是搬走了，我室友就得一个人住了，多可怜啊！”

“在你的心里，是不是兄弟比女朋友还重要？”米小非并不生气，反倒是微笑着看着我，想听我一个合理的解释。

我摇摇头：“并没有。我只是想先吃点苦，等以后条件好了，有一个自己的小天地，再把你接过去！”

“说话算话！”

“当然。”

米小非的单身公寓在她的公司附近，交通极其便利，公交、地铁都在500米内。

有时候，我很羡慕米小非有这么一个疼爱她的小姨，而我只能和同学挤在一个老房子里，冬天连厨房的玻璃窗都会透着冷风。

有时候，我也很想搬过去。可冷静下来，我又觉得自己作为一个男人，作为米小非的男朋友，如果连给她一个好的环境的能力都没有，反倒还要蹭她的“流量”，又怎么配得上她，又有什么资格说给她一个幸福的未来？

米小非却不这么认为，她觉得“幸福的爱情，一定是要两个人一起努力，绝对不是一个人在付出，另一个人在等待胜利的号角”，所以，在刚毕业的那半年，米小非重复说了无数次她要搬出小姨家公寓的想法。

她说：“我有能力自力更生，有能力照顾好自己的生活，为什么非得生活在别人的庇护下呢？”

那时候，米小非刚过公司的试用期，工资不高，如果在外面租同样条件的公寓，剩下的工资基本上就勉强够温饱。可是，米小非还是背着我，偷偷地找了一套公寓，直接收拾好行李，在要搬家的那天，才一大清早让我去帮她搬家。

米小非的行李不多，除了一些书，就剩下衣服了。

我问她：“被褥和家具，都不带过去吗？”

米小非说：“那些都是我小姨的，我就不带走了。”

花了小半天的时间，我帮她把新租的公寓收拾好，又带着她去商场买了新的被褥和生活用品。看着摆放得井井有条的新家，米小非笑着对我说：“现在，我跟你一样了，来来来，我们比一比，看看谁先升职加薪。”

我揽过她的肩，看着楼下夜市灿烂的灯光，突然有些心疼她，明明可以过很好的生活，干吗非要遭这种罪呢？

“不用比，你已经赢了啊！”

“为什么？”

“你选择用自己的能力生活，就已经赢了！”

米小非笑得很开心，觉得自己终于有能力为幸福增加能量了。

米小非没有撒谎，接下来的一年，她的薪水涨了将近一倍。之前总跟我聊明星八卦、儿女情长的她，慢慢地开始聊行业动态、职业术语。甚至约会吃饭的时候，她也有一个接一个的工作电话。

我问米小非：“你这么厉害，那我怎么办？”

米小非头也不抬地回复我：“所以，你要加油哦！”

我作为一个“码农”，所谓的加油，其实就是加班、做项目、更新技术。这和米小非不一样，她做内容传播，一个案例做好了，就会有无数个项目朝她走来，她有机会选择做自己感兴趣的品牌和领域。

对于我来说，设计感再强的平台，再人性的用户体验，都只是一串又一串枯燥的代码，我领的只是加班费和项目奖金，剩下的风光都给了项目经理和产品经理。

米小非不懂技术，也不会强求我必须要做什么，不能做什么，唯独有一点：我不能耽误她的进步，不能因为她忙着实现自己的事业目标和理想而分给我的时间少了，就对她有意见。

我想不通，条件优越的米小非，为什么非得这么努力呢？

“女孩子一辈子最美好的这几年，你真的忍心全部扑在事业上吗？”我问。

米小非笑着说：“总比浪费在看八卦、逛街、睡觉、刷剧上好吧！”

“那还可以一起去旅游、散步吧！生活，不也要偶尔偷个小懒，睡个小觉，醉它几场，放纵它几回吗？”

“不要在该奋斗的年纪选择了安逸，也不要在该努力的年纪，眼里只有谈情说爱！”米小非很肯定地说。

米小非没有在说大话，她真的用两年的时间，从一个普通的小员工做到了策划总监，薪水涨了将近5倍。

在咖啡馆约会的时候，我常常问米小非：“你会不会嫌弃我连喝杯咖啡都要看价码？”

米小非摇摇头说：“当然不嫌弃。只是，你明明可以拥有更高质量的生活，为什么不加油呢？”

“我还是想多花一点时间在爱你这件事情上，我觉得这比什么都重要。”

米小非听完就开始笑，笑她给我的时间那么少，笑我不怪她把事业排在我的前面，笑我没有减少对她的爱。

但我后来还是食言了，当朋友们都在说“经济基础决定了家庭地位”时，我也慢慢地开始给自己充电，不再局限于本职工作，开始接触新的圈子，参加一些线下技术沙龙，对接一些业余项目。

米小非对我的变化表示很满意，但同时也告诫我：“你要想短时间超越我，还是有一定难度的。年轻人，要慢慢来。”

她怕我骄傲，怕我急功近利，更怕我透支了自己的身体。

“我也没想过超越你，只希望哪天你能骄傲地向你的朋友介绍：‘这是我男朋友。’”两个人之间犯不着争强好胜，我只希望能体面地站在米小非的身边，不怕别人的指指点点。

在我努力奋斗的时间里，米小非经常晚上下班后跑到我的合租房给我做饭。我跟她说：“你不用管我，我能照顾好自己的。”

米小非笑着说：“我最近不想吃外卖，怎么，来你这蹭饭你有意见吗？还是你嫌我做的饭不好吃？”

我摇摇头。米小非的厨艺很好，她中式西式的都会做。大学的时候，她其实是一个生活上的白痴。我问她：“你这都是什么时候学的？”

米小非说：“你以为我工作就真的只有跑业务吗？”

我点点头，又摇摇头。

米小非没有解释，只是给我看了几张她参加聚会、沙龙的照片。一群白领，用一个下午的时间，动手DIY（自己做）一些美食，用行动来拉近彼此的距离。

可能是男生和女生的思维方式不一样，我没有米小非那么高的觉悟，只想着哪些是快钱，要快点挣，哪些是长远发展的，不着急。

不到两年，我的业余收入就已经是工资的2倍多，达到和米小非差不多的水平。

搬家的时候，我请合租室友吃饭，米小非自然也要来，还专门点了很多大虾。

我笑着对米小非说："注意点形象，你应酬时的端庄、大方哪里去了？"

米小非白了我一眼："在你们面前，我还端什么庄，都是自己人，客气啥？"

室友被米小非逗得哈哈大笑，转而又很认真地感谢我："兄弟，很感谢这几年你的照顾，如果没有你，我估计还是领着几千块的工资，一边玩游戏，一边幻想着买车、买房呢！"

我笑着点点头，看了一眼米小非，说："兄弟，很感谢你的鼓励，如果没有你，我们估计还是领着那点工资，一边玩游戏，一边幻想着飞黄腾达呢。"

米小非给我夹了一只刚烫熟的大虾，笑得合不拢嘴："哈哈，大恩不言谢，要不你以身相许怎么样？"

合租室友满脸羡慕地看着我，他知道我和米小非这一路走来，其实也不算容易。

我笑着说："那这辈子就委屈你了。"

那时候，是我们毕业的第四年，也是米小非跟我在一起的第六年，我们没有像大多数的情侣一样，要么已经结婚，有了家庭和孩子，要么早早地就分了手。

我们就这样，一步一步地从懵懂无知到越来越懂事。

在生活和爱情里，米小非每隔一段时间，都能指引我踏入未曾涉猎的新世界，带我领略新的精彩。有时候，我会很感激地对米小非说："谢谢你一直在我的世界里，让我对未来充满了憧憬和好奇。"

这时候，米小非总会得意地说："那是，也不看看本小仙女是谁！"

在我的世界里，米小非真的是个小仙女。哪怕她偶尔会有小脾气，偶尔也会倔得要死，可只有她，走在我前方时不会焦急地催我快点，走在我身后时不会着急地要我慢点。我们就这样保持着一段距离，描述着爱情的美。

知道你不会走，所以我一直都在

爱着的人，似乎都会有一种默契。明明你冷若冰霜，他却一早就洞悉了你内心的戏；明明你头也不回地离开，他却笃定你在天黑前一定会回来。有时候，你明明没有告诉他你的车次，他却能分秒不差地出现在车站口，能在人群里第一时间看到你。

爱人之间的默契，更多的时候是习惯。他习惯了从你的语气里，轻松地察觉到你的情绪；习惯了在你轻搓双手的时候，不提醒你就为你披上衣服；习惯了在你发一个问号的时候，选好了晚上约会要去的餐厅。

在你害羞地不敢表达爱意的时候，他抢先一步告白。在你生气地扭头就走时，无论你去哪里、走多远、走多久，他都默默地跟在你的身后，因为他知道你一定会回头。

幸福的爱情，不就是你在闹，他在笑，你不会真的走，他会一直都在，如此简单又真实地过一生吗？

娜娜很爱闹，仿佛永远都长不大。

小河向娜娜表白时，娜娜的心里别提有多高兴，她正想伸手去拥抱他，但突然灵机一动，问他："你为什么喜欢我？是因为我漂亮吗？"

这是小河第一次向女生表白，他紧张得连忙摇头："不是……不是……"

小河的话还没有说完，娜娜就把他的话打断了，生气地说："你说我不漂亮？"

"我没有，你很漂亮，真的，我很喜欢！"

"你竟然真的只是因为我漂亮才喜欢我。"娜娜用很重的口气说。

"不是的，我喜欢的是你这个人，不仅仅是漂亮。"小河有点百口难辩。

娜娜突然笑了起来，高兴地说："逗你玩的，哈哈，那我们在一起吧！"

这倒让小河有些手足无措了，他只能一个劲儿地点头说："好，好，好！"

事后回忆起来，娜娜总是很嫌弃地问小河："那时候的你怎么那么傻啊！”

“为了衬托你的聪明，当时我也是操碎了心。”小河早就学会插科打诨，很自然地就把话接了下去。

两个人在一起久了，真的会把脾气磨平。连娜娜都想不起从什么时候开始，小河在她的面前不再害羞，不再手足无措。这种情况，就像是被欺负了多年的小朋友，突然有一天长大了，突然之间，不再对你言听计从了。虽然他还会很照顾你，但不会再任你宰割了。

小河对“宰割”这个形容词颇有意见，他觉得这难免有点血腥，用“忍气吞声”比较恰当。虽然他不会揭竿而起，但至少还能保留点意见。

爱着的人，似乎总有一种魔力，哪怕你一开始觉得是你追求我，所以就算我随意地试探你，你也会以为这就是我的个性。但是，你绝对不会认为，我是在故意刁难你，故意让你难堪，而是认为这是我对你的考验，是爱情对你的考验。

至少，小河是这么认为的。

有一年，娜娜突然就迷上了一个学长，天天在小河面前念叨他有多优秀。娜娜说，能跟学长多说几句话，就算让她少活几年，她也愿意。

小河有些难过，不是难过她迷上了陌生学长，而是她竟然为了一个不熟悉的男生，想要减少自己的生命。他觉得，这是不对的，他悉心呵护的女生，别的男生怎么可以这么“欺负”她呢?

小河通过各种方法，找到了学长的联系方式，并和学长成了朋友。

当看到学长和小河同时出现在自己面前时，娜娜顿时不知所措，她缓了缓神，就像小时候碰到暗恋的对象一样，立马转身就逃跑了。平时巧舌如簧、“仗势欺人”的娜娜，怎么突然就这么胆小了呢?

这个场景，让小河笑了很久。

娜娜有些不服气，很无奈地质问小河：“你是不是疯了，人家小姑娘一个，哪能受得了这样的惊吓？”

“这不是看你天天念叨，我身先士卒，先跟他打好关系，给你铺好路，这样你就方便多了。”

“你哪只眼睛看到我方便了，真的是超级尴尬啊！”

“哎呀，咱都这么熟了，就不要尴尬了，机会到了，你就赶紧上啊！”

“上什么上，本来挺美好的感觉，你来这一出，我瞬间就没兴致了！”

“想象的总是美好的。看来还是得让我跟他站在一起，你才能立马发现我多么出众。”小河有些沾沾自喜。

“我呸！”娜娜没有别的形容词，又气恼又无奈地说。

娜娜的第一次“移情别恋”就这样无疾而终了。

过了很久，娜娜才质问小河：“你为什么跟他成为朋友？”

小河笑着说：“说真的，我当时真的是想先替你好好了解一下他，怕你被他的外在迷惑，冲昏了头脑，上当受骗。”

“你有这么好心？”娜娜才不会相信小河的鬼话。

小河使劲点着头，可他的神情，却俨然不像是好人的样子。

其实，在初恋的时候，我们似乎都曾做过这样的傻事。

明明你很喜欢他，可是听说你的同学或者朋友也喜欢他，你就主动地把自己的情绪藏起来，仿佛自己的爱无足轻重，朋友才最不值得被伤害。

明明你们才是情侣，当他喜欢上了别的女生，或者你的朋友喜欢上了他，你会本着“他的幸福才是你最大的幸福”为他出谋划策，仿佛从一开始，你就只是那位只能陪他一阵子的人，其他任何一个人，才是陪他一辈子的人。

最初的爱情总是这么纯洁，纯洁到只要你开心，我就很高兴。至于你开心的时候，身边的人是不是我，好像并不重要。

娜娜后来也骂过小河：“你有没有想过，如果有一天我真的喜欢上了别的男生，你真的会一直替我考察他吗？如果他通过了你的考察，你真的会把我让给他吗？”

小河有些为难地说：“我不希望陪在你身边的那个人不是我。但是，我更希望你开心。”

娜娜的微笑中夹杂着一丝丝感动：“你真是个傻瓜！”

傻不傻，只有爱着的人才会知道。爱得越深的人，往往才会显得越傻。

娜娜的方向感很差，每个月坐公交车都会坐错几次或者坐反几次。

即便跟小河一起出门，娜娜也经常会走着走着就走丢了。小河有时会很无奈地问她：“你从小出门就不带脑子吗？好想采访一下，你是怎么活到这么大，没把自己弄丢的！”

“这个，可能就是命好吧。认识你之前，靠的都是命，认识你之后……”娜娜想了想，笑着说，“认识你之后，我还带脑子干吗，你是不是傻？”

小河竟然没有任何反驳的意见，只是很贴心地说：“但你总有一个人的时候，得学会别把自己弄丢了，弄丢了，我上哪儿找你去呀？”

“我也很无奈啊！找不着，你就再找一个呗！反正世上美女千千万，虽然不及我漂亮，但将就凑合一下，还是可以的吧！”

“那算了，我还是不找了，就拿你将就一下吧！”

“你一定要跟我争到赢吗？”

“这个……那就委屈你一下吧！”

常在路上走，再幸运的人，也不可能每次出门都遇上晴天，他总会遇上刮风下雨的时候。所以，就算小河再怎么交待、嘱咐，娜娜也总有走丢的时候。

不一定是走错了路，也可能是在感情的十字路口，走错了方向。

那年冬天，小河的工作越来越忙，他经常加班，每个月陪娜娜吃晚饭的时间少之又少，更别说上班的时候陪着娜娜玩闹。恰好，那时候娜娜的一位男同事开始疯狂追她，她从最开始异常坚定自己的立场，到慢慢地不再那么排斥男同事，再到慢慢地开始依赖和习惯他。

女生的心，总是容易被感动，但女生也容易钻牛角尖。

当他能陪着娜娜一起上下班，逛街吃饭，而小河没时间的时候；当他能变着花样逗娜娜开心，而小河没时间的时候；当他能随时给娜娜制造惊喜，而小河没时间的时候……娜娜就开始怀疑，自己是不是选错了人？她也开始大胆地权衡，自己会不会有更幸福的路？

当娜娜提出先冷静两天，好好考虑一下两个人之间的事情时，小河显得很镇定，也没有多问什么，只说了一句：“你也不要太为难，一切从心出发，我都OK（没问题）的！”

小河故意用了“OK”这个单词来表达自己没关系，一个大男人，什么事情扛不住？

当天晚上，小河很早就睡，给手机充好电，把铃声开到最大。

半夜十二点，他果然收到了娜娜的微信：“你睡了吗？”

“刚醒来，怎么啦？”

“我好像有点想你了！”

“嗯，傻瓜，我一直都在。早点休息吧！”

“嗯嗯。”

第二天一大早，娜娜就拼命给小河打电话，说她买了豆浆、油条和包子，正在他的公寓门口，楼道的风好大、好冷，她快要冻死了。

小河睡眼惺忪，也来不及披外套，穿着背心，顶着一窝乱蓬蓬的头发就给娜娜开了门。

看到小河这副形象，娜娜不禁大笑着说：“你昨天是干了什么坏事啊？”

“如果想你也是坏事的话，我可能昨天一晚上都丧尽天良了。”小河接过娜娜的早餐，给娜娜拿了一双棉拖鞋。

“嘴这么甜！”娜娜径直走到小河的卧室，边走边说，“我看看你是不是藏了别的女生？”

简单地收拾了一下，在餐厅吃完早饭后，娜娜很认真地对小河说："小河同学，我想好了，我还是觉得身先士卒、为民除害比较符合我的个性。"

小河微笑着点点头："你回来了就好！"

娜娜有时候会质疑小河对她的爱，他到底是真的很信任她，还是每次都已经在心里先为自己找到退路了。

娜娜发脾气的时候，他不生气。哪怕她都想着要抛弃他了，他还是不生气。难道他就没有为爱争取的想法吗？她突然很怀念以前那种感觉：刚和小河在一起时，她一个小小的眼神，一个细微的动作，都会让小河受宠若惊或者患得患失。

也许，两个人在一起久了，久到你一张嘴，他就知道你渴了，给你倒了杯白开水；久到你一叹气，他就不再说话，留心听你表达；久到你闹所有脾气，说所有狠话，他都知道你是因为觉得无聊，需要他的陪伴，并不是真的生气，并不是真的想要离开。

我们都没错，只是不适合

小扉这次很认真地对我说，她真的要结婚了。

在过去的半年里，她对我说了六次要结婚了。

我总是骂她："你的结婚是不是就像例假，每个月都要来一次。"

每次我骂完，等她上完晚班，她都会叫我请她吃夜宵。

我们吃得最多的是干锅牛蛙和麻辣小龙虾。

我很讨厌吃辣，小扉说她最喜欢吃辣，特别是看到我辣得不行，又没菜下酒只能将就的愁苦样，她就会露出一脸得逞的表情。

小扉经常在周一、周三和周五早上七点钟给我发微信。我的作息通常是半夜不睡，早晨不起。我不回复她，她就会打电话给我。

“等公交好无聊啊”“挤公交好无聊啊”“走路好无聊啊”，她通常先用这类话跟我寒暄，但说得最多的是“我的天，前面那个帅哥好帅啊”，我会有气无力地说“哦”。有时她会说“我的天，旁边那个女生好漂亮啊”，我会激动万分地说“快帮我去要电话”，她就骂我“你个色狼，想得美”，骂完就把电话挂了。

而我呢，也经常在周二、周四和周六早上八点给小扉发微信，打电话。这三天是她的倒休日，她必定会睡懒觉。

她通常都是“哦，哦，哦”，等我说了三五十秒后，她就没动静了。

我知道，她肯定是翻个身，又睡着了。

小扉很能睡。比如我早上临时去开会，中午12点左右开完会回家，会发现她还在床上赖着。

我就会骂她：“你是猪吗，就知道睡？”

她会懒懒地回答：“哦，对呀，好困啊！”

过不了几分钟，她会突然从床上坐起来盯着我，目光呆滞地问我：“喂，午饭吃什么，好饿啊！”

小扉是个夜猫子，会在晚上九点问我：“一会儿去吃什么？”

等我提供了多套方案后，小扉又会说：“吃什么吃，去唱歌吧！”

小扉唱歌水平很差。第一次去唱歌的时候，她只唱了两首歌就说累了，然后一直鼓动我唱。

后来，每次去唱歌，她都会把歌曲排行榜里的歌点一遍，随即把话筒塞到我手里说：“唱吧，我想听！”

可是我不想唱呀。只有两个人，有什么好唱的，还不如喝酒。

之后，每次去唱歌，小扉都会带上一两个朋友。

有时候，我跟她的朋友喝酒喝得正开心，她会突然坐到我旁边，面带微笑地掐我，在我耳边大声地说：“喝什么喝，快去唱歌。”

有时候，我和她玩摇骰子游戏，她如果运气好一直赢，就会很得意地说：“再来两局。”她如果运气不好，连输两局后，就会开两瓶啤酒，凶巴巴地看着我说：“摇什么摇，直接喝，干了！”

等我喝完一瓶后，她就把自己那瓶放回酒桌，得意地笑着说：“哈哈哈，这瓶是你欠我的！”

出来玩，就得玩得起。小扉经常这么跟我说。

有一次，小扉带一位女性朋友来唱歌，并起哄说，不醉不归。她悄悄地坏笑着跟我说：“小子，那姑娘不错吧，我给你创造机会，你可别让我失望啊。”

可是，真把人家灌醉了，小扉又拉着我一起，把人家安全地送回了家。

第二天，小扉死不认账，说她根本就没想过要把谁灌醉。

我问小扉：“是不是怕我被别人抢走了？”

小扉说，她是怕我认识别的姑娘后，她就没地方蹭夜宵了。

2017年圣诞节，小扉换了微信头像，把原来的自拍照换成了婚纱照；微信签名也换了，她把原来的“孤独，是我给自己的借口”换成了“胡闹是一种依赖”。

小扉给我发微信说，她要结婚了，求祝福。

我给她发了5.2元的红包，说，这算是礼金了。

小扉还了一个红包给我，名称是“我要结婚了啊”，金额是52元。

我又给她发了520元，说，新婚快乐！

小扉给我发了一条语音：“晚上我们去吃烤鱼吧，我有钱，我请客。”

请什么请，笨猪，小扉。

2017年除夕夜，小扉给我发了一张她的照片，她的左手无名指上戴着戒指。

2018年的春节假期结束后，我和小扉见面的次数越来越少，从一周一次到一个月一次。我每次约小扉吃饭，她不是说在上班，就是说有约了，要么干脆就说不想出门。

有时候，我约小扉一起去唱歌，小扉说她戒酒了。

有时候，我喝醉了，给小扉发微信，第二天问小扉，我都说了什么，小扉说她把聊天记录删了，然后会抱怨，干吗一喝醉就去烦她。

有时候，她喝醉了，会在凌晨三四点给我发几条信息，然后又撤回。等第二天我醒来问她昨天发了什么消息时，她说她喝醉了，不记得了。

只有一次，我加班到凌晨三点，她发微信说："我好想你。"

一分钟后，又撤回了。

我问她："是不是又喝多了？到家了没？"

她不回复，过了半小时才说："晚安，再见！"

小扉很认真地跟我说，她真的要结婚了。

未婚夫和她是老乡，比她小一岁，做美容护理的。

小扉说，她结婚后，就会离开我们一起生活的这座城市。

她的婚礼定在2018年10月，她说到时候一定会给我发喜帖，一定要让我随礼。

但是她不准我去参加，一定不准！

小扉说，她从来都不知道有没有爱过我。她只知道，和我在一起的时候她从没想过结婚，也从没想过要和我一辈子在一起。

小扉说，她觉得在我身边的时候很高兴，很满足，很安心。

然而，世界上有很多男女之间的感情，是介于友情和爱情之间的。

无论是小扉，还是我，我们都没错，只是不适合。

爱你一路艰辛，一路仁至义尽

你有没有想过，如果有一天，那个你深深地爱了很多年，又用了很多年才放下的人，突然出现在你的面前，你会选择“视而不见”，还是说“好久不见”？

我曾经深爱过一个人，一个在婚礼的前一天突然跑掉，直到几天后才打电话跟我说分手的女生。

我问她：“为什么这样对我？”

她说：“不是我们不适合，只是我不爱你了。”

那个女生叫何小茜。

到今天，我和她整整认识了十年。

2008年，何小茜说她喜欢上了我所在班级的班长，让我去打探一下情况。

从不喝酒的我，为了完成何小茜交代的光荣任务，拉着班长喝了12瓶啤酒。晚上十点，何小茜来接我，没好气地说：“梁军，你是不是疯了？不会喝酒还喝那么多，作死吗？”

当我把写着班长电话和微信号的纸条递给何小茜时，她立马和颜悦色地说：“辛苦你了哟，以后老姐一定会多多照应你的。”

这之后的一个多月，何小茜果然很“照应”我。

“你们班长现在在宿舍吗？”

“你和你班长一起在网吧吗？”

“你们班长是不是在东区篮球场打球？”

……

我常常骂她，作为一个“女汉子”，既然已经有了我们班长的联系方式，大胆、放开地去追求就好了，干吗还要让我当情报员？

没过多久，何小茜跟我说她失恋了。我说，暗恋也会失恋？她说，反正就是失恋了。

她让我陪她去唱歌，五音不全的我，愣是陪她在KTV唱了一下午。

可能是心碎了、玩累了、闹够了，在回学校的公交车上，何小茜靠在我的肩膀上睡着了。中途醒来的时候，她盯着我看了将近一分钟，然后才揉揉眼说：“你要是再帅一点，我就跟你好了。”

窗外的风声很大，我问何小茜：“你刚才说什么？我没听清。”

何小茜咧着嘴说：“梁军，你怎么长得这么丑啊！”

我和何小茜的大学四年，等同于猫屎遇到了咖啡的四年。

用舍友在散伙饭上的话说就是：“你跟何小茜纠缠了四年，连手都没拉过，你还算是男人吗？”

我有很长一段时间，曾错误地把何小茜当成自己的女朋友。

如果她不是我的女朋友，我怎么会在游戏玩得正过瘾的时候，因为她一个电话，就撇下队友，冒着大雨去给她送伞或者扔掉刚收到的外卖陪她去食堂吃饭？

如果她不是我的女朋友，我怎么会在每年的情人节、元旦、圣诞、生日都只和她一起过？

如果不是女朋友，何小茜怎么会有我的自行车钥匙，怎么会那么熟络又自然地跳上我的自行车，偶尔还会揽着我的腰，把脸贴在我的后背上？

如果不是女朋友，何小茜怎么会在餐卡丢了之后，心安理得地把我的餐卡揣在她的包里，甚至从没想过要还钱？

可是，没有如果。

我依旧没有拉过何小茜的手，没搂过何小茜的腰，没吻过何小茜的脸，也从没有叫过她“宝贝”“亲爱的”。在何小茜的眼里，我始终是那个“神经病梁军”。

2012年，我们大学毕业。

何小茜说她的梦想在远方。我说我的梦想是陪她去远方。

我和何小茜一人背着一台笔记本电脑，拖着一个行李箱，去了北京。

交完房租和押金，添置好必备的生活用品后，我和何小茜的钱加起来不到1000块。何小茜问我怎么办。

我笑着说："你放心，有我在，我们饿不死。"

我们的确没饿死，临近我第一次发工资，我俩身上的钱加起来只够买三天的馒头。

发工资后的那天晚上，我和何小茜破天荒地到小区门口吃烧烤，她还发神经似的让老板放重辣。

何小茜不太能吃辣，我也一样。吃了几串后，我问何小茜："你怎么哭了？"

何小茜说她是被辣哭的。

我和何小茜在北京待了三年，搬了很多次家，从潮湿的地下室，搬到通风的半地下室，再搬到脏乱的筒子楼，再搬到拥挤的隔断房，再搬到偏僻的城中区的小公寓。

2014年，我和何小茜看了一场名叫《爱你就要背靠背》的话剧。在挤地铁回家的路上，何小茜突然说："梁军，我们背靠背试一下吧！"

那天晚上，何小茜说她一夜没睡，我也一样。

第二天一大早，看着彼此的熊猫眼，何小茜解释说她是刷了一夜的青春剧，我也解释说我玩了一晚上的斗地主。

然后，彼此相视一笑。

那一年，何小茜换了一份工作。新单位在北五环大屯路东，她每天要早上五点多起床挤一趟公交车，再换乘两趟地铁，再换乘一趟公交车，才不会迟到。她坚持了一个星期后，我不顾她的强烈反对，在她公司附件租了一套单身公寓。

何小茜还因此跟我赌了好几天气。那段时间，我正在赶一个项目，经常要加班到晚上十点，搬家后，我每天到家都要将近晚上12点。她跟我赌气，是怕我休息时间不够。

可我觉得，我是男人，男人就有责任，即便没办法让自己的女人不吃苦，至少让她少受苦。

何小茜离开北京，是2015年8月。

之前的几个月，我和何小茜讨论过很多次到底是离开还是留下。

跟梦想无关，跟房价也无关。

那一年，何小茜的父亲病重住院，她往返北京几次后，看着父亲日渐憔悴的面容，想多一点时间陪在父母身边。何小茜觉得，她也玩够了、疯够了、闹够了、漂够了，可以离开北京了。

在首都机场，何小茜发了一条微信朋友圈状态："还是一个电脑包，还是一个行李箱，来的时候，我没想过要离开，就像现在一样，也没想过再回来。"

对于大多数选择漂泊的人来说，他们之所以会咬牙留在一座城，其实是因为一个人。何小茜走后，我也想离开北京。只是那时我负责的项目还没有结项，离劳动合同结束也还有半年，公司一时间没办法找别的人接手，希望我继续把项目做完。我如果非得离开，就属于毁约，需要付给公司一大笔赔偿金。

我和何小茜约好，用半年的异地恋来检验彼此的感情，等我从北京回来，我们就结婚。

2016年年初，我25岁，何小茜26岁。我带着对何小茜最美好的期待，离开了北京。因为一时间找不到合适的工作，机缘巧合下，我选择了自主创业。

对于我的选择，何小茜没有太多意见。

当时的我想法很简单，在最短的时间内，用这几年的积蓄创造最大的价值，给何小茜一个可以挡风遮雨的家，给何小茜一份可以自由追逐梦想的资本。

那一年，也是我和何小茜争吵最多的一年。何小茜用二线城市的生活态度，奚落我不合时宜的北京节奏。她宁愿我花更多的时间陪她，而不是把心思都放在工作上。她宁愿穿着吊带、拖鞋，也不愿穿上礼服参加我的聚会。

那年年底，何小茜的父亲旧病复发，面对高昂的医药费，我把公司折价盘掉，把钱抽出来治病。

何小茜说，这是她欠我的，以后一定会还。而我的心里，早就把她当成自己的家人了。家人之间，哪有什么欠与还之说？

2017年年初，何小茜的父亲正式认可我当他的女婿，两家商量着五一举办婚礼。老两口把彩礼钱全数还给了我，在亲戚朋友的支持下，我按揭买了一套小户型楼房。

一切都有条不紊地进行着，订酒店、拟定宾客名单、拍婚纱照、租婚车……婚礼的前一周，我和何小茜还一起布置新房，一起采购喜糖。婚礼的前一天，我还安慰何小茜不要紧张，一切有我，她放心地嫁进我家就行了。

可是，就在婚礼的前一天晚上，何小茜对她父亲说想一个人出去走走，然后留下一张便条，说她没事，只是想静一静，认真考虑一下到底要不要结婚。

那天晚上，我给何小茜打了无数次电话，她都是关机。我问了她所有的闺密、朋友，都找不到她的人。

直到几天后，她才在澳大利亚给我打电话，跟我说分手。

我问她：“为什么？”

她说：“不是我们不适合，而是我不爱你了！”

2018年五一，何小茜在消失了一年之后，突然出现在我的小区门口。

没有故事中的惊喜，也没有故事中的怨恨，我只是很平静地说了一声“好久不见”。

在咖啡馆里，何小茜第一次跟我说“对不起”。

这一年来，我幻想过无数种与她重逢的场景，也幻想过无数次她痛哭流涕地或嬉皮笑脸地回来的场景，却唯独没有幻想过，自己可以这么平静。

何小茜说这一年来她去了很多城市，到了很多国家。她发现，一直走在路上才是她想要的生活。她当时答应结婚，是因为感动，后来不辞而别，确实有一点冲动，现在回来，是觉得欠我一句当面的道歉。

何小茜刚离开的那段时间，我根本不需要她的道歉，只要她能回来，我就满足了。现在，她回来或者不回来，不重要了，道歉或者不道歉，也不重要了。

何小茜说：“我没有后悔跟你在一起，也从没后悔过去年选择了离开。我只是觉得，浪费了你最宝贵的几年，辜负了你最厚重的爱，确实很不地道，我也需要给你一个道歉或者一份补偿。”

如果你曾深爱过一个人，那么你就会懂得，所有的付出，只是为了捍卫彼此之间的爱情，哪怕其中一个人选择了离开，你也不会让这个人补偿什么。

何小茜啊，无论是当初做你没有名分的男朋友，为你选择了走万里征程，还是后来放弃一切从头开始，受尽嘲讽，哪怕心在滴血还假装无所谓，都不重要了……

我只知道，自己在一个特殊的时间爱上了一个特别的女生，倾尽了所有的力气去追求、去疼惜、去守护她，哪怕最终败给了缘分与时间，也没关系。

现在，我只想面带微笑，平静地对这个特别的女生说一声：“爱你一路艰辛，一路仁至义尽！”

不要把任何人当作你的全世界

在礁石上呆坐了两个小时后，小印转过头，双眼通红地问我：“你知道什么叫一无所有吗？”

我点点头，抽出一张纸巾递给她：“我知道啊，就像握在手里的沙，它不属于你，只属于大海，一阵风就能把它吹走，一个浪就能把它卷走。”

小印摇摇头：“可他不是沙啊！他是我真真切切爱过的人啊！你知道吗，那种感觉，就像是想着要和他一起在周末狂欢，我去超市大包、小包买了一大堆零食，好不容易才拎到他家门口，却发现锁换了，我再也进不去了。那种感觉，你懂吗？”

小印是个吃货，她的前男友也是。

在某次电视台组织的“饭团活动”上，两个人互留了电话和微信。

男女之间的感情，要想升温其实很快，只要一个想聊，一个愿陪，更何况是在有共同爱好的基础上。两个人经常以约饭的名义约会，不到一个月，就火速宣布在一起了。

恋爱之前，小印是一个很懒散的女孩。

我约她去运动，她天晴怕晒，天冷怕冻，下雨怕被淋着，刮风怕被吹走。即便去了健身房，汗没流几滴，她就喊着出去后一定要好好吃一顿，把体力补回来。

我约她去逛街，一般情况女生逛街都会化妆，挑精致的衣服穿，搭漂亮的鞋子，但她不会，要不是被我强硬逼迫，她甚至连头都不想洗。

她毕业已有四五年，在一家小广告公司上班，拿着不高不低的工资，没事就看肥皂剧，幻想着有一个白马王子会爱上她。

我经常骂她，就她这副鬼样子，别说白马王子，就是街边的人，看到她都会躲开，她活该一辈子单身。

可是，那个被我骂了很多年都不开窍的姑娘，自从恋爱之后，竟然只用了不到一个星期就改头换面了。

恋爱的力量，确实是巨大的。

恋爱后的小印，经常向我请教各种恋爱问题：

“我和他一起散步时，他的手总是不经意地碰到我的手，你说他是不是想牵我的手啊？

“我和他坐在休闲椅上，他的嘴唇总是有意无意地往我脸上凑，你说他是不是想吻我啊？

“他约我去旅游，我不敢一个人去，如果我跟他说，我要带你一起去，他会不会不高兴？”

对于最后这个问题，我骂小印：“他会不会高兴我管不着，我首先不高兴！”

恋爱三个月后，小印对我说：“我要搬家了，搬到他家，这样，两个人就能省不少房租钱，也能省下不少伙食费。”

我见过一次小印的男朋友，他阳光、帅气、幽默，也很懂礼貌。一起吃饭的时候，我和小印叽叽喳喳地聊天，他不会刻意打断，也不会不耐烦，反倒总能恰到好处地加入话题。

小印搬家后，我刚好被公司外派到上海，去筹划开设分公司的事宜。我一去就是大半年，工作事务繁忙，就很少和小印联系，顶多只是在微信朋友圈给她点个赞。小印也是，同居之后，她的世界里就只剩下男朋友了。

半年后，我从上海回到厦门，小印说她分手了。

我笑着骂她：“你别胡说八道了，我一直有关注你的微信朋友圈，你和男朋友不都准备结婚了吗？”

小印笑着说：“那都是骗人的。”

我疑惑地看着小印：“怎么？他欺骗了你的感情？”

小印摇摇头：“谈不上欺骗，是我自己太傻！”

恋爱后的小印，完全变了一个人：不下厨的她开始研究食谱；不喜欢美剧的她开始整夜整夜地看美剧；不爱化妆的她开始研究化妆品；爱熬夜、睡懒觉的她，作息变得规律；爱吃泡面、吃油炸食品的她，开始养生和保健。

小印曾在微信朋友圈写过这么一段话：爱情，能让一个女人富有生命力，能让她相信命运，感恩命运。遇见一个好的爱人，那个爱人就如同夏日清晨微凉的轻风，冬季傍晚微暖的太阳，会让你倾尽所有的运气，只为和他在一起。

她确实也这么做了。男朋友嫌弃她的工作没什么前途，她把工作辞了；男朋友觉得她的某个朋友不靠谱，她把那个朋友拉黑了；男朋友觉得她花钱大手大脚没有节制，她把工资都上交……

最后，男朋友觉得她幼稚，不够成熟，要跟她分手，她也把决定权交给男朋友，同意了分手。

我问小印：“他说分手就分手，凭什么啊？你为他花掉的钱，付出的青春，怎么算？”

小印摆摆手，摇摇头说：“怎么算？能怎么算！”

这之后，小印平均每天要在微信朋友圈发六遍“你知道什么叫一无所有吗”。

我骂她：“你是不是有病？我早就告诫过你，哪怕你再喜欢一个人，也要拥有随时能全身而退的能力。”

小印骂我：“我都二十六七岁了，还没谈过恋爱，好不容易遇到一个那么优秀的人，当然要毫无保留地去爱他。我哪怕最后没有和他在一起，也不枉激情一场。”

多年前，我也曾为了一个人，花光了自己所有爱的勇气。小印说我不懂什么叫一无所有，其实我懂。只是，当你的爱情没有尘埃落定的时候，谁敢保证坚持下去就一定会有希望，万一坚持下去后坠入更黑暗的深渊，遭受更残忍的欺瞒呢？

我们总以为，既然在一起了，就努力去爱，这样，也不枉激情一场。

可是，激情过后，你真的学会勇敢了吗，还是在傻傻地贪恋余温？

故事总会有说完的时候，观众也总是觉得自己一定比故事里的主角聪明。但是，事实真的是这样吗？

在爱情里也好，在友情里也罢，我只希望朋友始终不要忘记保护好自己，更要时刻记得，就算爱得再深，也不要把任何人当作你的全世界，真的，不值得！

明明身份都不对，为何还会掉眼泪

安琪最终还是决定去参加他的婚礼，坐的是他同学那一桌。

广东这边，一般是晚上办婚礼。晚上七点整，聚光灯打在通向婚礼的幸福通道上，音响里播放着婚礼进行曲，亲朋好友们一边鼓掌，一边祝福。

新娘的爸爸把新娘的手交给他时，安琪的心提到嗓子眼了，她无法呼吸，好像马上就要断气了。

新郎和新娘依次在司仪的誓词提问下说出“我愿意”，依次为对方戴上结婚戒指时，安琪哭了。

安琪说她没难过，说她是感动的，第一次感动得掉下了眼泪。

安琪第一次为他掉眼泪，是在五年前大二第一学期的期末考。考最后一科时，他早早地就来到安琪的考场外，等了安琪半个多小时。见她从考场走出来，他把她拉到操场的花圃边上，笑嘻嘻地对她说了很多好话，最后从书包里拿出一封信。

信是给和安琪一个班、一个考场的女生的。安琪骂他："喜欢就去表白，一个大男人还要别人送信，能不能有点出息？"

以一顿肯德基和一张电影票为条件，安琪答应了帮忙递信。

那个女生肯定不会看上成绩一般、长相一般的他，安琪觉得。

可那个女生在收到信之后，脸上的笑容更灿烂了。

安琪笑着试探性地问她："这么高兴，看来有戏啊？"

那个女生害羞地说："我哪有，你不许瞎说！"

安琪突然觉得好难受，难受地哭了一整个晚上。

安琪第二次为他掉眼泪，是三年前的一个晚上。那晚，他喝得烂醉来找安琪，说他失恋了。那是他第二次失恋，他第一次失恋时，安琪以为自己终于有机会接近他了，但没过多久，他就开始了第二次恋爱。

安琪认识那个女生，在他的眼里美貌与智慧并存，乐观与幽默合体的女生，其实并没有那么优秀，甚至有些不堪——即便没有乱搞男女关系，却从不拒绝任何一个男生对她好；即便不至于私生活混乱，却常常在声色场所彻夜不归。

他跟那个女生在一起的时候，安琪想阻止，跟他说了很多她了解到的那个女生的另一面。

他骂安琪多管闲事，告诫她不喜欢那个女生也别出言不逊，如果安琪再恶意中伤他喜欢的人，他们连朋友都没得做，绝交。

安琪觉得很难过，原来所谓的一辈子的好朋友，真的不如一次愚昧的心跳。

安琪第三次为他掉眼泪，是一年前的冬天，身无分文的他在安琪家门口睡了一整夜。

那是他第三次失恋，不过，这次其实算不上失恋，而是被骗。

当初，他决定追在酒吧认识的那个女人时，安琪就骂他“你受过的伤还不够多吗”。

但是他不听，义无反顾地陪那个女人去吃日料，去看电影，去逛商场。他把自己的工资，换成了她只用、只穿一次甚至一次也没用过、穿过的包包、鞋子和衣服。他把自己所有的存款都借给她，因为她说家里人的身体一向不好。

安琪曾告诫过他，认定了，就好好爱，但要先看清对方。

他说他认定了，想好好爱，但他没看清对方，直到无意中发现她的手机里存着署名“老公”的号码和一张命名为“宝贝”的三人全家福照片时，才知道自己被骗了。

有那么半年，他每次夜里喝醉了都会给安琪打电话，以至于安琪养成了24小时待机的习惯，半夜门口有一点风吹草动都会惊醒，生怕他喝醉了又在她家门口睡一夜。

有那么几次，安琪刻意营造了温暖的氛围，准备了一大段告白台词，可话到嘴边，却成了玩笑，情到深处，却成了成全。即便是严肃的追问，他也只是笑着说“别闹”。

安琪说，五年前为他送信的时候她哭了，三年前看他失恋的时候她哭了，一年前他被骗的时候她也哭了。还有无数次，他说他爱得多幸福或者多痛苦，他说五年后如果都还是一个人就娶安琪，以及他说“10号的婚礼你记得来”……每一次，安琪都说她哭得很为难。

也许吧，每个人都曾是安琪，输给了他，输给了没有身份的爱。

你呢？是否也曾爱上过一个人，你把他当成爱人，他却只把你当成朋友，甚至是路人？你想靠近，却害怕简单的靠近太不合情理；你想改变，却害怕自己并不是他最喜欢的样子。所以，你默默地以“朋友”的身份爱着，以“朋友”的身份被需要着。

明明很普通的他，怎么就那么完美地占据你的整个世界？

明明受伤的时候，很讨厌他的嘲笑；明明迷路的时候，很渴望他的拥抱。当你想放下的时候，他款款走来；当你想朝他走去的时候，他假装毫不知情地躲开。

有时候，你明知道他不会爱你，却傻傻地以“知己”的角色守候着他，奢望有朝一日，他的副驾驶座空出时，你能大大方方地坐下。

也许吧！在感情的世界里，一旦动情的人，智商多半为零。

你呢？是否也曾经怀疑：作为一个爱情的“局外人”，孤单又骄傲地陪伴了他这么多年，明明身份都不对，为什么会掉眼泪？